Maigret se enfada

Georges Simenon, nacido en 1903 en Lieja (Bélgica), dio sus primeros pasos como reportero y como autor de novelas populares escritas bajo seudónimo. En 1931 publicó, por primera vez con su propio nombre, *Pietr, el Letón*, que presentaba al imperturbable comisario de policía parisino Jules Maigret, personaje que retomó en novelas y relatos a lo largo de las cuatro décadas siguientes, mientras su obra más amplia le granjeaba la reputación de ser uno de los escritores esenciales del siglo xx. Viajero intrépido, con un profundo interés en la gente, Simenon se esforzó, en la literatura y en la realidad, por comprender —y no por juzgar— la condición humana en todos sus matices. Sus libros figuran entre los más leídos del canon mundial.

GEORGES SIMENON

Maigret se enfada

Traducción de
Rafael Perera

DEBOLS!LLO

Papel certificado por el Forest Stewardship Council®

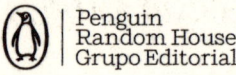

Título original: *Maigret se fâche*

Primera edición: mayo de 2025

© 1947, Georges Simenon Limited, todos los derechos reservados

GEORGES SIMENON y  ® **Simenon.tm**®, todos los derechos reservados

MAIGRET ® Georges Simenon Limited, todos los derechos reservados

 Diseño original de Maria Picassó i Piquer, todos los derechos reservados

© 2025, Penguin Random House Grupo Editorial, S. A. U.
Travessera de Gràcia, 47-49. 08021 Barcelona
© Rafael Perera, por la traducción
Diseño de la cubierta: Penguin Random House Grupo Editorial / Claudia Sánchez
Imagen de la cubierta: Levente Szabo

Printed in Spain – Impreso en España

ISBN: 978-84-663-8215-1
Depósito legal: B-4.741-2025

Compuesto en M. I. Maquetación, S. L.

Impreso en en Novoprint
Sant Andreu de la Barca (Barcelona)

P 3 8 2 1 5 1

Maigret se enfada

1

La anciana en el jardín

La señora Maigret, que desgranaba guisantes en una sombra templada donde su delantal azul y las vainas verdes ponían una nota de color; la señora Maigret, cuyas manos nunca permanecían inactivas, aunque fuera a las dos de la tarde del día más caluroso de un mes de agosto sofocante; la señora Maigret, que vigilaba a su marido como a un niño grande, se mostró intranquila:

—Seguro que ya quieres levantarte...

Sin embargo, la tumbona en la que Maigret estaba echado no había crujido. El excomisario de la policía judicial ni siquiera había suspirado.

Sin duda, por la fuerza de la costumbre, la señora Maigret había visto un ligero estremecimiento en su rostro, perlado de sudor. Pues era verdad que estaba a punto de levantarse. Pero, por una cuestión de amor propio, decidió seguir tumbado.

Era el segundo verano que pasaban en su casa de Meung-sur-Loire, desde que se había jubilado. Hacía apenas un cuarto de hora que, con el rostro rebosante de satisfacción, se había tumbado en la confortable tumbona a fumarse lentamente su pipa. A alrededor, el aire era fresco, frescor que resultaba aún más agradable teniendo en cuenta que, a apenas dos metros, pasada la frontera entre la sombra y el sol, se oía el zumbido infernal de las moscas.

Los guisantes iban cayendo con un ritmo regular en el recipiente de porcelana. La señora Maigret, con las rodillas separadas, tenía el delantal lleno de vainas, además de dos grandes cestas, junto a ella, también a rebosar, que había recogido por la mañana, para hacer conserva.

Aquel rincón en el que se encontraban era el que más apreciaba Maigret de toda la casa; un rincón que no tenía nombre, una especie de patio entre la cocina y el jardín; pero un patio cubierto en parte y que se había ido amueblando poco a poco, hasta el punto de instalar un hornillo, una alacena, y hacer allí la mayoría de las comidas. Recordaba a un patio español, con las baldosas rojas del suelo, que daban a la sombra cierta calidad especial.

Maigret permaneció quieto unos cinco minutos, quizás un poco más, mirando, a través de los párpados entrecerrados, el huerto, que parecía humear bajo el sol abrasador. Después, dejando a un lado todo amor propio, se levantó.

—¿Qué vas a hacer ahora?

En la intimidad conyugal, adquiría a menudo los rasgos de un niño enfurruñado, al que han pillado en falta.

—Estoy seguro de que las berenjenas siguen cubiertas de escarabajos de la patata —refunfuñó—. Y todo por culpa de tus lechugas...

Hacía un mes que duraba esa pequeña guerra de las lechugas. Una tarde, aprovechando que quedada algo de espacio libre entre las berenjenas, la señora Maigret había plantado lechugas.

—Es una forma de aprovechar el espacio —le había dicho su esposa.

En ese momento no protestó, porque no pensó que a los escarabajos les gustaría mucho más las hojas de las berenjenas que las patatas. Y, por culpa de las lechugas, ahora era imposible tratarlas con solución de arsénico.

Y Maigret, diez veces al día, como estaba haciéndolo en ese momento, cubierto con su enorme sombrero de paja, se agachaba sobre las hojas verde-pálido a las que daba la vuelta delicadamente, para quitarles los bichitos rayados. Iba echándoles en la mano izquierda hasta que se le llenaba y luego regresaba con aire enfurruñado para arrojarlos al fuego, lanzando una mirada desafiante a su mujer.

—Si no hubieras plantado las lechugas...

La verdad era que, desde que se había jubilado, su mujer no lo había visto permanecer echado en la famosa tumbona ni una hora, una tumbona que él había comprado triunfalmente en el Bazar de l'Hôtel-de-Ville, jurando que haría en ella siestas memorables.

Allí estaba, a pleno sol, con los pies desnudos metidos en unos zuecos de madera, con un pantalón de tela azul que le resbalaba por los costados y que le hacía un trasero parecido al de un elefante, con una camisa de campesino, de pequeños dibujos complicados, abierta sobre su torso velludo.

Oyó los golpes de la aldaba que resonaron en las habitaciones vacías y sombrías de la casa, como la campana de un convento. Alguien llamaba a la puerta principal, y la señora Maigret, como siempre que recibía una visita inesperada, se alteró. Miró de lejos a su marido, como para pedirle consejo.

Luego levantó el delantal, formando una gran bolsa, mientras se preguntaba dónde dejar los guisantes. Por fin se quitó el delantal, pues nunca se habría atrevido a abrir la puerta llevándolo puesto.

La aldaba resonó de nuevo dos veces, tres, imperiosa; se habría dicho que con rabia. A Maigret le pareció percibir, a través del murmullo del aire, el leve ronroneo de un motor de coche. Seguía agachado sobre las berenjenas, mientras su mujer se arreglaba su cabello gris ante un trozo de espejo.

Apenas desapareció en el interior de la casa cuando se abrió una pequeña puerta en el muro del jardín, la pequeña puerta verde que daba a la callejuela, y por la que solo entraban los familiares. Una anciana, vestida de luto, se erguía en el quicio, tan estirada, tan severa, tan ridícula a la vez que durante mucho tiempo Maigret se acordaría de aquella visión.

La señora permaneció un instante inmóvil; después, con paso decidido, ágil, sorprendente para su edad, se dirigió directamente hacia Maigret.

—Dígame, criado... No intente usted convencerme de que su amo no está en casa... Ya me he informado...

Era alta y delgada, y en su rostro lleno de arrugas se veían surcos de sudor que habían diluido una espesa capa de polvos. Pero lo más asombroso en ella eran sus ojos, de un negro intenso y de una viveza extraordinaria.

—Vaya rápidamente a decirle que Bernadette Amorelle ha hecho cien kilómetros para hablar con él...

Desde luego, no había tenido la paciencia de esperar ante la puerta principal de la casa. ¡A ella no se la engañaba fácilmente! Como le dijo, se había informado entre los vecinos y no se había dejado impresionar por los postigos cerrados de la casa.

¿Alguien le habría indicado la pequeña puerta del jardín? No era necesario. Se bastaba ella sola para encontrarla. Y ahora se dirigía hacia el patio sombreado donde acababa de aparecer la señora Maigret.

—¿Quiere decirle al comisario Maigret...?

La señora Maigret no comprendía. Su marido la seguía a paso lento, esbozando una leve sonrisa de regocijo. Fue él quien le dijo:

—Si quiere tomarse la molestia de entrar...

—Seguro que está haciendo la siesta. ¿Sigue tan gordo como siempre?

—¿Lo conoce usted bien?

—¿Qué le importa? Vaya a anunciarle a Bernadette Amorelle y no piense en lo demás...

Pareció recordar algo; rebuscó en su pequeño bolso de modelo antiguo, de esos llamados «retículos», de terciopelo negro, con cierre de plata, como se vendían hacia 1900.

—Tome —dijo, tendiéndole un billete.

—Siento no poder aceptarlo, señora Amorelle; pero yo soy el excomisario Maigret...

Entonces ella dijo unas palabras magníficas, que se convertirían en una tradición en el entorno de Maigret. Mirándolo desde los zuecos hasta los cabellos en desorden —pues él se había quitado su gran sombrero de paja—, soltó:

—Si usted lo dice...

¡Pobre señora Maigret! Por mucho que hiciese señas a su marido, este no se daba cuenta. Sus gestos, que pretendían ser discretos, significaban: «Llévala al salón. ¿Acaso se recibe a la gente en un patio que usamos para todo, incluso para cocinar...?».

Pero la señora Amorelle ya se había instalado en un pequeño sillón de junco y parecía encontrarse muy a gusto. Fue ella la que, al notar la agitación de la señora Maigret, le dijo con impaciencia:

—Pero deje usted tranquilo al comisario...

Poco le faltó para pedirle a la señora Maigret que se fuera; y, de hecho, eso fue lo que esta hizo, pues no se atrevía a seguir con su trabajo en presencia de la visitante y no sabía dónde meterse.

—Conoce mi nombre, ¿verdad, comisario?

—¿Amorelle, de las canteras de arena y los remolcadores?

—Amorelle et Campois, sí...

Tiempo atrás, mientras llevaba a cabo una investigación en el alto Sena, había visto pasar constantemente convoyes de barcos que llevaban el triángulo verde de la casa Amorelle et Campois. Cuando aún trabajaba en el Quai des Orfèvres, veía a menudo, en la isla de Saint-Louis, las oficinas Amorelle et Campois, propietarios de canteras y armadores.

—No tengo tiempo que perder, por lo que necesito que me entienda usted. Aprovechando que mi yerno y mi hija estaban en casa de los Malik, le he pedido a François que cogiera el viejo Renault... No sospechan nada... Seguramente no volverán hasta la noche. ¿Comprende...?

—No... Sí...

Por lo pronto comprendía que la anciana había salido a escondidas, sin saberlo su familia.

—Le juro que si supieran que estoy aquí...

—Discúlpeme, pero ¿dónde estaba usted?

—En Orsenne, por supuesto...

Igual que habría dicho una reina de Francia: «¡En Versalles!».

¿Acaso alguien ignoraba que Bernadette Amorelle, de Amorelle et Campois, vivía en Orsenne, en una mansión al borde del Sena, entre Corbeil y el bosque de Fontainebleau?

—No me mire como si estuviese loca. Ya se encargarán ellos de que lo crea usted así. Y le juro que no es cierto.

—Discúlpeme, señora, ¿puedo preguntarle su edad?

—Por supuesto, joven... Cumpliré ochenta y dos años el siete de septiembre... Pero todos los dientes son míos, si es eso lo que está mirando... Es probable que entierre a más de uno... Y me gustaría especialmente enterrar a mi yerno...

—¿Le apetece tomar algo?

—Un vaso de agua fresca, si tiene...

Se la sirvió él mismo.

—¿A qué hora ha salido de Orsenne?

—A las once y media... En cuanto se fueron... Ya había avisado a François... François es el ayudante del jardinero, un buen chico... Ayudé a su madre a traerlo al mundo... En casa, nadie sospecha que sabe conducir. Una noche, estando despierta (pues, ha de saber, comisario, que nunca duermo), descubrí que practicaba, a la luz de la luna, con el viejo Renault... ¿Le interesa todo esto?

—Mucho...

—Se conforma usted con bien poco... El viejo Renault, que no guardamos siquiera en el garaje, sino en las caballerizas, es una limusina que data del tiempo de mi difunto marido. Hace ya veinte años que murió, así que calcule... Pues bien, ese muchacho, no sé cómo, logró ponerlo en marcha y por las noches se divertía dando vueltas por el camino...

—¿Es el quien la ha traído aquí?

—Me espera fuera...

—¿Ha comido usted?

—Como cuando tengo tiempo... Aborrezco a la gente que siente constantemente la necesidad de comer...

Y sin poder evitarlo echó una mirada reprobadora al abdomen redondeado del comisario.

—¿Ve cómo suda usted? Aunque eso no me incumbe... Mi marido también hizo lo que le vino en gana, y ya ve: hace mucho tiempo que ya no está aquí... Lleva usted dos años jubilado, ¿verdad?

—Pronto hará dos años, sí.

—Por tanto, se aburre usted... Y por eso aceptará lo que voy a proponerle... Hay un tren, a las cinco, que sale de Orleans, y en el que puedo dejarlo al pasar. Naturalmente, sería mucho más fácil llevarlo en coche hasta Orsenne, pero no pasaría usted inadvertido y se echaría todo a perder.

—Disculpe, señora, pero...

—Sé que intentará negarse. Pero necesito realmente que pase usted unos días en Orsenne. Cincuenta mil francos si tiene éxito. Y, si no encuentra usted nada, pongamos diez mil, más gastos...

Abrió su pequeño bolso y sacó los billetes ya preparados.

—Hay una posada. No puede equivocarse, porque solo hay uno. Se llama L'Ange. No se sentirá muy cómodo allí, pues la pobre Jeanne está algo trastocada. También a ella la conozco desde bien pequeña. Quizá no quiera darle alojamiento, pero ya sabrá usted convencerla, estoy segura. Háblele de enfermedades y la tendrá contenta. Está convencida de que las sufre todas.

La señora Maigret llevó una bandeja con café; y la anciana, indiferente a esa atención, la regañó:

—¿Qué es eso? ¿Quién le ha pedido que nos sirva café? Lléveselo...

La confundía con la criada, como antes había tomado a Maigret por el jardinero.

—Podría contarle un montón de historias, pero conozco su reputación y sé que es usted lo bastante inteligente para descubrir todo por sí mismo. No se deje impresionar por mi yerno, eso es cuanto le recomiendo... Ha embaucado a todo el mundo. Es educado. No hay hombre más educado que él, hasta el punto de resultar repulsivo. Pero el día que le corten la cabeza...

—Disculpe, señora...

—Ya está bien de tantos «disculpe», comisario. Yo tenía una nieta, una única nieta, la hija de ese desgraciado Malik. Pues mi yerno se llama Malik. También debe usted saberlo. Charles Malik... Mi nieta, Monita, habría cumplido dieciocho años la semana que viene...

—¿Quiere decir que ha muerto?

—Hace exactamente siete días. La enterramos anteayer. La encontraron ahogada en la presa del río... Y, si Bernadette Amorelle le dice que no ha sido un accidente, puede usted creerla. Monita nadaba como un pez. Tratarán de convencerle de que era una imprudente, de que iba a bañarse sola a las seis de la mañana y a veces por la noche. Esa no es razón para ahogarse. Y, si le insinúan que tal vez se haya suicidado, les responderá usted que mienten.

De pronto y sin transición, había pasado de la comedia al drama; pero lo que resultaba extraño era que el tono seguía siendo de comedia. La anciana no lloró. Sus ojos, de un negro intenso, no estaban húmedos. Todo su ser, seco y nervioso, seguía animado de la misma vitalidad, que, a pesar de todo, tenía algo de cómico.

Iba al meollo de la cuestión, y persistía en su idea, sin preocuparse de las formalidades habituales.

Miraba a Maigret, sin dudar ni un solo instante que él accedería a su petición, simplemente porque ella así lo quería.

Se había marchado de su casa a escondidas, en un coche viejísimo, con un muchacho que apenas sabía conducir. Había atravesado de esa forma toda la región de la Beauce, sin comer y cuando más calor hacía. Ahora miraba la hora en un reloj que, siguiendo la moda antigua, colgaba de su cuello con una cadena.

—Si tiene alguna pregunta que hacerme, hágala ahora —dijo, dispuesta ya a levantarse.

—Por lo que veo, no aprecia usted a su yerno.

—Le odio.

—Y su hija, ¿lo odia también? ¿Es desgraciada con él?

—No lo sé; y, además, me da igual.

—¿No tiene usted una buena relación con su hija?

—Prefiero ignorarla. No tiene carácter, no tiene sangre en las venas.

—Dice que hace siete días, o sea, el martes pasado, su nieta se ahogó en el Sena.

—Nada de eso. Debería usted prestar más atención a lo que digo. Han encontrado a Monita muerta en el Sena, más arriba de la presa del río.

—Sin embargo, no presentaba ninguna herida y el médico forense extendió un certificado de defunción.

Ella se limitó a mirarlo con una expresión de soberano desprecio, quizá con poco de lástima también.

—Si lo he entendido bien, usted es la única que sospecha que no se trata de una muerte natural.

Esta vez la anciana se levantó.

—Escuche, comisario, tiene usted fama de ser el policía más inteligente de Francia. Al menos, el que ha obtenido mayores éxitos. Vístase. Prepare su equipaje. Dentro de media hora lo dejaré en la estación Les Aubrais. Esta tarde, a las siete, estará en la posada de L'Ange. Vale más que finjamos no conocernos. Todos los días, hacia el mediodía, François irá a tomar el aperitivo a L'Ange. No suele beber, pero yo le pediré que vaya, a fin de que usted y yo podamos comunicarnos sin que nadie sospeche.

Dio algunos pasos por el jardín, decidida sin duda a pasearse por él, a pesar del calor, mientras lo esperaba.

—Dese prisa. —Luego añadió, volviéndose hacia él—: ¿Sería usted tan amable de darle algo de beber a François? Debe de seguir en el coche. Un poco de vino mezclado con agua. Solo vino no, porque tiene que llevarme a casa y no está acostumbrado al alcohol.

La señora Maigret, que debía de haberlo oído todo, permanecía tras la puerta del vestíbulo.

—¿Qué vas a hacer, Maigret? —preguntó al verlo encaminarse a la escalera.

Hacía fresco en la casa, en la que reinaba un agradable olor de cera, de heno cortado, de frutos que maduran y de guisos cocinados a fuego lento. Maigret había tardado cincuenta años en reencontrarse con aquel olor, que era el de su infancia, el de la casa de sus padres.

—¿No vas a irte con esa vieja loca?

Maigret había dejado los zuecos en el umbral de la puerta del patio. Caminaba descalzo por los baldosines fríos y por los escalones de madera encerada de la escalera.

—Dale algo de beber al chófer y luego sube a ayudarme a hacer la maleta.

Había una llamita en sus ojos, una llamita que reconoció cuando, en el cuarto de baño, se lavó la cara con agua fresca y se miró en el espejo.

—¡No te entiendo! —exclamó su mujer, soltando un suspiro—. Hace un momento no podías seguir echado en la tumbona porque estabas preocupado por esos escarabajos de la patata...

En el tren hacía calor. Maigret fumaba en un rincón. La hierba de los taludes estaba amarillenta, desfilaban las estaciones llenas de flores; un hombre, a pleno sol, agitaba su ridículo banderín rojo y tocaba un silbato, como los niños.

Las sienes de Maigret se habían vuelto grises. Estaba más tranquilo, un poco más torpe que antes; pero no tenía la impresión de haber envejecido desde que había dejado la policía judicial.

Hacía dos años que Maigret rechazaba sistemáticamente, tal vez por vanidad, tal vez por una especie de pudor, encargarse de todos los asuntos que le proponían, sobre todo los bancos, las compañías de seguros, los joyeros, que le presentaban casos difíciles.

En el Quai des Orfèvres habrían dicho: «El pobre Maigret vuelve a la acción; ya se ha hartado de su jardín y de la pesca con caña».

Y he aquí que se dejaba embaucar por una anciana que había aparecido en el umbral de la pequeña puerta verde.

Se la imaginaba de nuevo, estirada y digna, en su antigua limusina conducida con una peligrosa desenvoltura por François, vestido de jardinero, quien no había tenido tiempo ni de cambiarse los zuecos por los zapatos.

Le parecía estar oyéndola de nuevo, después de haber visto a la señora Maigret agitar la mano en el umbral, cuando se iban:

—Es su mujer, ¿verdad? He debido de ofenderla tomándola por la criada... Aunque también a usted lo confundí con el jardinero.

Tras haber dejado a Maigret frente a la estación de Les Aubrais, donde François, equivocándose con el cambio, dio marcha atrás y a punto estuvo de derribar un montón de bicicletas, siguió su camino, en una carrera de lo más arriesgada.

Era época de vacaciones. Por todas partes se veían a parisienses, en el campo, en los bosques, coches rápidos en las carreteras, canoas en los ríos y pescadores con sus sombreros de paja al pie de cada sauce.

Orsenne no era propiamente una estación de tren, sino un apeadero en el que pocos trenes se dignaban pararse.

A través de los árboles del parque, se veían los tejados de grandes mansiones, y más allá, el Sena, que en aquel lugar discurría ancho y majestuoso.

A Maigret le habría costado explicar por qué había accedido a la petición de Bernadette Amorelle. ¿Quizás a causa de los escarabajos de la patata?

De pronto, al igual que la gente que viajaba en su mismo tren, que aquella con la que se encontraba bajando la cuesta, que la que veía por todas partes desde que había salido de Meung, también él sentía que estaba de vacaciones.

Lo envolvía una atmósfera distinta de la de su jardín; y caminaba alegre, en un nuevo escenario. Al final del camino en pendiente, apareció el Sena, que bordeaba la ancha carretera que permitía el paso de varios coches.

Carteles, con flechas, anunciaban desde la estación: POSADA DE L'ANGE. Siguió las flechas, y al rato entró en un jardín con cenadores en ruina, y luego empujó la puerta acristalada de una galería en la que el aire, a causa del sol encerrado entre las paredes de cristal, era sofocante.

—¿Hay alguien? —llamó.

Solo se veía a un gato acurrucado sobre un cojín, y en el suelo, en un rincón, algunas cañas de pescar.

—¿Hay alguien...?

Bajó un escalón y se encontró en una sala, en la que el péndulo de cobre de un viejo reloj oscilaba perezosamente, produciendo un chasquido al final de cada oscilación.

—¿No hay nadie en esta choza? —refunfuñó.

En ese mismo instante alguien se movió muy cerca de él. Maigret se sobresaltó y percibió en la penumbra a una persona que se revolvía, envuelta en mantas. Era una mujer: sin duda, la Jeanne de la que le había hablado la señora Amorelle. El pelo, negro y grasiento, le caía a ambos lados de la cara y tenía el cuello envuelto en una gruesa venda blanca.

—¡Está cerrado! —dijo afónica.

—Ya lo sé, señora. Ya me han informado de que está usted muy enferma...

¡Ay!, esa palabra, «enferma», sonaba ridículamente débil. ¿No la tomaría como un insulto?

—¡Querrá usted decir que me estoy muriendo! Nadie me cree. Me torturan...

Finalmente se quitó la manta que le envolvía las piernas y se levantó sobre sus gruesos tobillos, calzada con zapatillas de fieltro.

—¿Quién le ha enviado aquí?

—Pues me alojé aquí hace más de veinte años; y es una especie de peregrinación que...

—Entonces ¿conoció a Marius?

—¡Por supuesto!

—Pobre Marius... ¿Sabe que murió?

—Sí, eso me dijeron. No podía creerlo.

—¿Por qué...? Tampoco él gozaba de buena salud... Ya hace tres años que murió, y yo apenas me sostengo de pie... ¿Piensa alojarse aquí?

Se había fijado en la maleta que Maigret había dejado a la entrada.

—Pensaba pasar aquí unos días, siempre y cuando eso no le cause ninguna molestia. En su estado...

—¿Viene de lejos?

—De los alrededores de Orleans.

—¿En coche?

—No; he venido en tren.

—Y hoy ya no salen más trenes para Orleans; así que ya no puede regresar. ¡Dios mío! ¡Dios mío! ¡Raymonde...! ¡Raymonde...! Seguro que está haciendo recados por ahí. En fin, hablaré con ella... Si ella acepta... Porque tiene un carácter muy suyo. Es la criada, pero se aprovecha de que estoy enferma para hacer todo lo que le da la gana, y se diría que es ella quien ordena y manda. ¡Vaya!, ¿qué vendrá a hacer este aquí?

A través de la ventana estaba mirando a un hombre cuyos pasos resonaban en la gravilla. Maigret también lo miraba y frunció el ceño, pues el recién llegado le recordaba vagamente a alguien.

Vestía traje de tenis o de campo, pantalón blanco, de franela, chaqueta y zapatos blancos, pero lo que llamó la atención del comisario fue el brazalete de crespón que llevaba en el brazo.

Entró como si fuera de la casa.

—Buenos días, Jeanne.

—¿Qué desea, señor Malik?

—He venido a preguntarte si... —Se interrumpió, miró directamente a Maigret, sonrió de pronto, y dijo—: ¡Jules...! ¡Caramba...! ¿Qué haces tú aquí?

—¿Disculpe...?

Primero, hacía muchos años que nadie le llamaba Jules, a tal punto que casi había olvidado su nombre. Incluso su mujer se había acostumbrado, lo que acabó haciéndole gracia al comisario, a llamarlo Maigret.

—¿No te acuerdas?

—No...

Sin embargo, aquel rostro colorado, los rasgos bien dibujados, la nariz prominente, los ojos claros, demasiado claros, no le resultaban desconocidos. El apellido Malik tampoco, pues ya, cuando la señora Amorelle lo había pronunciado, un recuerdo impreciso se había despertado en su memoria.

—Ernest...

—¿Cómo Ernest?

Pero ¿Bernadette Amorelle no le había hablado de un tal Charles Malik?

—Del instituto de Moulins.

Durante tres años, Maigret había estudiado en el instituto de Moulins, cuando su padre era administrador de un castillo de la región. Sin embargo...

Lo curioso era que, si la memoria no le fallaba, el recuerdo que despertaba en él aquel rostro cuidado, aquel tipo tan seguro de sí mismo, le resultaba más bien desagradable. Y desde luego, no le gustaba que lo tuteasen. Siempre le había horrorizado ese tipo de familiaridad.

—El Recaudador.

—Ese mismo, sí... No le habría reconocido.

—¿Qué haces aquí?

—¿Yo? He...

El otro se echó a reír.

—Ya hablaremos luego... Ya sabía que el comisario Maigret no era otro que mi viejo amigo Jules. ¿Te acuerdas del profesor de inglés? No es necesario que le prepares una habitación, Jeanne. Mi amigo se alojará en mi casa.

—¡No! —exclamó Maigret con expresión hosca.

—¿Eh? ¿Cómo dices?

—Digo que me alojaré aquí... Así lo habíamos acordado Jeanne y yo.

—¿Insistes?

—Insisto.

—¿Por culpa de la vieja?

—¿Qué vieja?

Una sonrisa maliciosa afloró en los labios de Ernest Malik; y esa sonrisa seguía siendo la misma que cuando era niño.

Lo llamaban el Recaudador porque su padre era recaudador de impuestos en Moulins. Era muy delgado, con un rostro afilado como una hoja de cuchillo, y los ojos claros, de un gris poco agradable.

—No te preocupes, Jules, enseguida lo entenderás... Oye, Jeanne, no temas contestar francamente: ¿mi suegra está loca o no?

Jeanne, desplazándose en silencio con sus zapatillas, murmuró, sin entusiasmo:

—Prefiero no mezclarme en sus asuntos de familia.

Y miraba a Maigret con menos simpatía, casi con desconfianza.

—Entonces qué: ¿se queda usted aquí o se va con él?

—Me quedo.

Malik seguía mirando a su antiguo compañero de clase con aire burlón, como si todo aquello fuese una broma, de la que Maigret era víctima.

—Aquí te divertirás, te lo aseguro... No conozco nada más alegre que la posada de L'Ange. ¡Ya has visto al ángel: has hecho un gran negocio!

¿Acaso se acordó de repente de su luto? Adoptando un aire más grave, añadió:

—Si lo ocurrido no fuera tan triste, nos echaríamos a reír los dos... Al menos, ven a visitarnos... ¡Sí; es necesario...! Ya te lo explicaré... El tiempo de tomar algo y lo comprenderás...

Maigret aún dudaba. Permanecía inmóvil, enorme en comparación con su compañero, que era tan alto como él, pero de una extraña delgadez.

—Iré —dijo por fin, como con pesar.

—¿Al menos aceptarás cenar con nosotros? Actualmente, la casa no resulta muy alegre después de la muerte de mi sobrina, pero...

En el momento de irse, Maigret vio a Jeanne observándolos desde un rincón oscuro de la posada. Y le pareció que la mujer miraba con odio la elegante silueta de Ernest Malik.

2

El segundo hijo del Recaudador

Los dos hombres caminaban a lo largo del río. Al mirarlos, parecía que uno llevase atado con correa al otro, y que este, gruñón y torpe, como un perro de lanas, se dejara arrastrar.

Y la verdad era que Maigret no se sentía cómodo. Ya en la época del colegio, el Recaudador no le resultaba simpático. Además, le horrorizaba esa gente que surge del pasado y te da palmaditas amistosas en la espalda y se permite tutearte.

Y también Ernest Malik personificaba el típico individuo que siempre le había irritado.

Caminaba con gesto desenvuelto, cómodo dentro de su traje de franela blanca, admirablemente cortado, el cuerpo cuidado, el cabello brillante y la piel sin una gota de sudor, a pesar del calor. Había adoptado el papel del gran señor que enseña sus dominios a un campesino pobre.

En sus ojos claros, había —siempre había sido así, incluso de pequeño— una chispa de ironía, un destello furtivo que proclamaba: «Te he ganado, y seguiré haciéndolo... Soy mucho más inteligente que tú».

El Sena, que dibujaba una suave curva, se extendía luego en toda su anchura a la izquierda, bordeado de juncos. A la derecha, muros bajos, algunos muy antiguos; otros, casi nuevos, separaban la carretera de las mansiones.

El comisario, por lo que pudo ver, contó cuatro o cinco. Eran residencias lujosas, resguardadas entre grandes jardines bien cuidados, cuyos senderos se veían al pasar ante las verjas de la entrada.

—La mansión de mi suegra, a quien has tenido el placer de conocer hoy —anunció Malik cuando llegaron ante una amplia entrada con pilastras coronadas de leones de piedra—. El viejo Amorelle se la compró hace unos cuarenta años a un barón, banquero del Segundo Imperio.

Entre las sombras de los árboles se distinguía una amplia construcción que no era particularmente bonita, pero sí lujosa y sólida. Minúsculos chorros de agua giratorios regaban el césped, mientras un viejo jardinero, que parecía haber surgido de un catálogo de comerciantes de granos, rastrillaba los senderos.

—¿Qué opinas de Bernadette Amorelle? —preguntó Malik, volviéndose hacia su antiguo compañero de clase con una mirada llena de malicia.

Parecía decirle a Maigret, quien se enjugaba el sudor de la frente: «¡Pobre tipo! ¡No has cambiado nada! Sigues siendo un palurdo, hijo de un administrador de castillo. Carnaza campesina. Ingenuo y, acaso, sensato».

Y en voz alta:

—Vamos... Yo vivo un poco más adelante, después de la curva. ¿Te acuerdas de mi hermano...? Aunque no lo conociste en el instituto, porque es tres años más joven que nosotros. Mi hermano Charles se ha casado con una de las hijas Amorelle, casi al mismo tiempo que yo me casé con la otra. Él vive en esta mansión durante el verano, con su mujer y nuestra suegra. Fue su hija la que murió la semana pasada.

Cien metros más y divisaron, a la izquierda, un pontón pintado todo de blanco, lujoso, como los pontones de los grandes clubes, a la orilla del Sena.

—Aquí empieza mi propiedad... Tengo algunos pequeños barcos, porque uno necesita divertirse un poco en este rincón perdido... ¿Navegas?

¡Cuánta ironía en su tono al preguntarle al gordo Maigret si navegaba en uno de aquellos endebles esquiles que se veían entre las boyas!

—Por aquí...

Una verja con flechas doradas. Un sendero cuya arena luminosa brillaba. El enorme jardín bajaba en una ligera pendiente; y enseguida aparecía una construcción moderna, mucho más amplia que la casa de los Amorelle. Pistas de tenis a la izquierda, con el suelo de un rojo oscuro, que resaltaba al sol. A la derecha, una piscina.

Malik, cada vez más desenvuelto, como una mujer hermosa que juega descuidadamente con una joya que vale millones, parecía decir: «Fíjate bien en todo esto, gordo palurdo. Estás en casa de Malik. Sí, hombre, sí, en casa del pequeño Malik, al que llamabais desdeñosamente el Recaudador, porque su padre se pasaba los días tras una ventanilla con rejilla en una oscura oficina».

Aparecieron grandes perros daneses, que le lamieron las manos, humilde homenaje que él aceptaba sin prestarle atención.

—Si te parece bien, tomaremos el aperitivo en la terraza, hasta que nos anuncien la cena... Mis hijos deben de estar en el Sena, navegando...

Detrás de la casa, un chófer en mangas de camisa lavaba con una manguera un potente coche americano, con niquelados deslumbrantes.

Subieron los escalones y se instalaron bajo un parasol rojo, en unos sillones de bambú, anchos como los sillones de un club. Un mayordomo, con chaquetilla blanca, se apresuró a acercarse. A Maigret le parecía estar en un gran y lujoso balneario, más que en una casa particular.

—¿Rose...? ¿Martini...? ¿Manhattan...? ¿Qué prefieres, Jules? Si hay que creer en tu leyenda, que conozco, como todo el mundo, por los periódicos, prefieres una caña servida en una barra... Desgraciadamente aún no he instalado ninguna aquí... Quizás algún día... Sería bastante gracioso. ¡Dos martinis, Jean! No dejes de fumar en pipa. ¿Qué estábamos diciendo? ¡Ah, sí...! Mi hermano y mi cuñada se han quedado bastante afectados por lo ocurrido... Solo tenían a esa hija, ¿entiendes? Mi cuñada nunca ha disfrutado de mucha salud...

¿Maigret lo estaba escuchando? Si era así, no era consciente de ello. Sin embargo, todo lo que el otro decía se grababa automáticamente en su memoria. Hundido en el sillón, con los ojos entrecerrados, una pipa tibia entre los labios enfurruñados, miraba vagamente el paisaje, que era muy hermoso. El sol empezaba a declinar y a teñirse de rojo. Desde la terraza en la que estaban, se veía todo el recodo del Sena, bordeado, frente a ellos, por las colinas de bosques, en las que destacaba con un blanco deslumbrante la perforación de una cantera.

Algunas velas blancas avanzaban en el oscuro y suave caudal del río, y algunas canoas relucientes se deslizaban con lentitud; una lancha a motor zumbaba, y cuando desapareció a lo lejos, el aire seguía vibrando al ritmo de su motor.

El mayordomo llevó dos copas de cristal, que se cubrieron de un fino vaho.

—Esta mañana los he invitado a pasar el día aquí. En cuanto a mi suegra, es inútil invitarla; le horroriza la familia y se pasa semanas sin salir de su habitación...

Su sonrisa proclamaba: «Tú no puedes entenderlo, pobre y gordo Maigret. Tú estás acostumbrado a relacionarte con gente vulgar, que lleva una vida trivial y que no puede permitirse originalidad alguna».

Y era cierto que Maigret se encontraba a disgusto en aquel ambiente. La misma decoración, demasiado armoniosa, de líneas demasiado tranquilas, le irritaba. Detestaba —y no se trataba de envidia, pues no era mezquino hasta ese punto— esa cancha de tenis tan limpia, al chófer tan bien alimentado que había entrevisto puliendo el lujoso coche. El pontón, con sus trampolines, sus pequeños barcos amarrados alrededor, la piscina, los árboles podados, los senderos con su arena reluciente y sin una sola mancha formaban parte de un universo donde él se adentraba a su pesar y en el que se sentía sumamente incómodo.

—Te cuento todo esto, para explicarte mi llegada, hace un rato, a casa de la buena de Jeanne. Cuando digo «la buena de Jeanne», es una manera como otra cualquiera de hablar, pues es el animal más traicionero que haya sobre la tierra. Cuando vivía su marido, Marius, lo engañaba incluso con ensañamiento; y, desde que este murió, se lamenta día y noche por su pérdida.

»Así pues, mi hermano y mi cuñada estaban aquí. En el momento de sentarnos a la mesa, mi cuñada se ha dado cuenta de que se había olvidado las pastillas. Tiene tendencia a medicarse. Dice que sufre de los nervios. Me he ofrecido a ir a buscarlas. En vez de ir por la carretera, he atravesado los dos jardines, ya que ambas propiedades son contiguas.

»En un momento dado miro al suelo. Al pasar ante las antiguas caballerizas, observo señales de ruedas. Abro la puerta y me extraña no ver la vieja limusina de mi difunto suegro...

»Así es, amigo mío, como he llegado hasta ti. Le he preguntado al jardinero, quien me ha confesado que su ayudante había salido una hora antes con el coche, y que se había llevado a Bernadette.

»Cuando han regresado, he llamado al muchacho y le he preguntado. He sabido entonces que había ido a Meung-sur-Loire y que había dejado a un hombre gordo, con una maleta, en la estación de tren de Les Aubrais. Me disculpo, amigo, pero ha sido él quien ha dicho "un hombre gordo".

»Me he dado cuenta enseguida de que mi encantadora suegra había recurrido a algún detective privado, pues sufre de manía persecutoria, y está convencida de que la muerte de su nieta encierra sabe Dios qué misterio.

»Debo admitir que no he pensado en ti... Sabía que existía un Maigret en la policía, pero no estaba seguro de que fuera el Jules del instituto.

»¿Qué opinas de todo este asunto?

Y Maigret dijo:

—Nada.

Maigret no decía nada. Pensaba en su casa, tan diferente a aquella; en su jardín, en las berenjenas, en los guisantes que caían en el recipiente esmaltado; y se preguntaba por qué había seguido, sin oponerse, a aquella señora autoritaria, que lo había arrastrado literalmente.

Pensaba en el calor sofocante del tren, en su antiguo despacho en el Quai des Orfèvres, en todos aquellos depravados a los que había interrogado en pequeños bares, hoteles cochambrosos y demás lugares inverosímiles donde le habían conducido sus investigaciones.

Pensaba en todo aquello, y cada vez se sentía más furioso, más ofendido por estar allí, en un medio hostil, bajo la mirada sardónica del Recaudador.

—Dentro de un rato, si te apetece, te enseñaré la casa. Yo mismo hice los planos, junto con el arquitecto. Evidentemente, no vivimos en ella todo el año, solo en verano. Tengo un piso en París, en la avenida Hoche. También compré una mansión en Deauville, a unos tres kilómetros de la ciudad, y pasamos allí el mes de julio. En agosto, con tanta gente veraneando en la costa, aquello es insoportable. Pero, si te apetece, te invito con mucho gusto a pasar unos días con nosotros. ¿Juegas al tenis? ¿Montas a caballo...?

¿Por qué no le preguntaba también si jugaba al golf y practicaba el esquí acuático?

—De todos modos, si crees en lo que te ha contado mi suegra, no impediré que lleves a cabo una pequeña investigación. Me pongo a tu entera disposición; y si necesitas un coche y un chófer... ¡Mira!, aquí viene mi mujer.

Apareció en la escalinata, procedente del interior de la casa, también vestida toda de blanco.

—Te presento a Maigret, un viejo amigo del instituto. Mi mujer.

Ella le tendió una mano blanca y blanda, al final de un brazo también blanco; y todo era blanco en ella: su rostro, su cabello, de un rubio demasiado claro.

—Siéntese, señor, por favor...

¿Qué había en ella que producía una sensación de malestar? Tal vez el hecho de que parecía como ausente. Su voz carecía de matices; era tan impersonal que uno podría preguntarse si era ella la que realmente había hablado. Se sentó en un gran sillón, y se diría que podría haber estado igualmente en cualquier otro sitio. Sin embargo, le hizo una discreta señal a su marido, el cual no se dio cuenta. Con la mirada le indicaba la planta superior de la mansión. Por fin, dijo:

—Es Georges-Henry...

Entonces, frunciendo el ceño, Malik se levantó, diciendo a Maigret:

—¿Me disculpas un momento?

La mujer y el comisario siguieron allí, inmóviles y silenciosos; y de pronto se oyó un gran alboroto en la planta de arriba. Una puerta se había cerrado bruscamente. Pasos rápidos. Una de las ventanas también se cerró. Voces irritadas. Sin duda ecos de una disputa o, en todo caso, de una discusión bastante violenta.

Lo único que se le ocurrió a la señora Malik fue decirle:

—¿Es la primera vez que viene usted a Orsenne?

—No, señora.

—Es bastante bonito para aquellos a quienes les gusta del campo. Sobre todo relajante, ¿verdad?

En ella, la palabra «relajante» adquiría un significado particular. Se la veía tan floja, tan cansada quizás o tan carente de vivacidad que su cuerpo se abandonaba en una inercia absoluta en el sillón de bambú. Personificaba la relajación total, la relajación perpetua.

Y, sin embargo, aguzaba el oído hacia los sonidos que procedían de la planta de arriba y que iban atenuándose. Cuando ya no se oía nada, dijo:

—¿Parece ser que cena usted con nosotros?

Por muy buena educación que hubiera recibido, no lograba expresar una simple alegría cortés. Ella misma se daba cuenta. Se daba cuenta a su pesar. Malik estaba avanzando hacia ellos y, cuando Maigret lo miró, apareció de nuevo en su rostro aquella sonrisa estrecha.

—¡Espero que me disculpes...! Uno debe estar siempre encima de los criados.

Se esperaba, con cierta incomodidad, el sonido de la campana que anunciase la cena. Malik se mostraba menos desenvuelto en presencia de su mujer.

—¿Ha vuelto Jean-Claude?

—Me parece que ya viene por el pontón.

Un joven en pantalón corto acababa, en efecto, de bajarse de un velero ligero, que estaba amarrando. Luego, con un jersey colgando del brazo, se dirigió lentamente hacia la casa. En ese momento sonó la campana y pasaron al comedor. Enseguida apareció Jean-Claude, el primogénito de Ernest Malik, lavado, peinado y vestido de franela gris.

—Si hubiera sabido que ibas a venir, habría invitado a mi hermano y a mi cuñada, para que conocieras a toda la familia. Mañana, si quieres, los invitaré, y también a los vecinos, que no son muchos. Aquí es donde solemos reunirnos todos. Siempre hay gente... Todos entran y salen como si fuese su propia casa.

El comedor era amplio y lujoso. La mesa era de mármol veteado de rosa y los cubiertos estaban colocados sobre pequeños manteles individuales.

—Vamos, que si debo creer lo que los periódicos han dicho de ti, has tenido bastantes éxitos en la policía. Un oficio curioso. A menudo me he preguntado cómo uno acaba siendo policía, en qué momento y cómo aparece la vocación. Porque, en fin...

Su mujer parecía estar más ausente que nunca. Maigret observaba a Jean-Claude, que se hallaba sentado a su lado, y quien, cuando creía que nadie lo veía, observaba detenidamente al comisario.

Era frío, como el mármol de la mesa. A los diecinueve o veinte años, ya mostraba una gran seguridad en sí mismo, igual que su padre. No se turbaba fácilmente, pero parecía incómodo.

No hablaron de Monita, que había muerto la semana anterior. Seguramente preferían no comentarlo en presencia del mayordomo.

—Como puedes ver, Maigret —decía Malik—, estabais ciegos en el instituto cuando me llamabais el Recaudador. Éramos varios, ¿recuerdas?, los que no procedíamos de familias ricas, y los hijos de los aristócratas, de los grandes burgueses nos despreciaban. A algunos, aquello les hacía sufrir, y a otros, como a ti, les era indiferente.

»A mí me llamaban el Recaudador con desprecio, y eso fue precisamente lo que me dio fuerzas...

»¡Si supieras todo lo que pasa por las manos de un recaudador! He conocido los secretos más viles de las familias aparentemente más ilustres... He conocido los chanchullos de los que se enriquecían. Vi cómo algunos ascendían y otros se hundían, incluso vi a unos cuantos caer en picado; y entonces decidí estudiar el mecanismo de esos procesos...

»La mecánica social, si prefieres llamarlo así. Por qué uno asciende y otro se hunde.

Hablaba con un orgullo despectivo, en medio de su lujoso comedor, cuya decoración era ya una afirmación de su éxito.

—Yo he ascendido...

La cena que sirvieron era sin duda de una excelente calidad; pero al excomisario no le gustaban nada aquellos platitos de apariencia complicados, cuyas salsas contenían invariablemente picadillo de trufa y colas de cangrejo. El mayordomo se inclinaba constantemente para llenarle uno de los varios vasos alineados frente a él.

El cielo se iba volviendo verde por un lado, de un verde frío y como eterno; rojo, por el otro, con estelas violáceas y algunas nubes de un blanco purísimo. Las canoas se deslizaban por el Sena, donde a veces un pez, al saltar, dibujaba una serie de círculos lentos.

Malik debía de tener buen oído, tan bueno como el de Maigret, que también lo oyó. Sin embargo, se trataba de un sonido apenas perceptible; pero en el silencio de la noche cualquier ruido se intensificaba .

Primero se oyó un crujido, como si se tratara de una ventana de la planta de arriba, del lado en el que hacía un rato, antes de la cena, habían llegado aquellas voces alteradas. Luego, se oyó un ruido seco en el jardín.

Malik y su hijo se miraron. La señora Malik no se inmutó y siguió cenando.

De pronto, Malik se puso en pie, dejó la servilleta sobre la mesa y un instante después ya estaba fuera, ágil y silencioso con su calzado de crepé.

El mayordomo no pareció asombrarse por lo ocurrido, al igual que la dueña de la casa. Sin embargo, Jean-Claude había enrojecido un poco. Y se puso a buscar algo que decir hasta que finalmente comentó:

—Mi padre sigue estando ágil para su edad, ¿verdad?

Lo dijo con la misma sonrisa que su padre, que significaba: «Algo ocurre, por supuesto, pero eso no le incumbe a usted. Limítese a comer y olvídese de lo demás».

—Suele ganarme al tenis, deporte en el que, sin embargo, soy bastante bueno. Es un hombre sorprendente...

Por qué repetiría Maigret, mirando su plato:

—Sorprendente...

Era evidente que alguien se hallaba encerrado en la planta de arriba. Fuera quien fuese, no debía de estar muy contento de verse encerrado allí arriba, puesto que, antes de la cena, Malik se había visto obligado a subir para reprenderlo.

Esa persona había aprovechado el momento de la cena, en el que se reunía toda la familia en el comedor, para escaparse. Había saltado sobre la tierra blanda, llena de hortensias, que rodeaba la casa.

Y ese ruido de una caída en el arriate fue el que había oído Malik, al igual que el comisario.

Y entonces Malik se había precipitado fuera. El asunto debía de ser grave, lo suficiente para que reaccionase así, y de forma tan extraña, además.

—¿Su hermano también juega al tenis? —preguntó Maigret, levantando la cabeza y mirando al joven.

—¿Por qué lo pregunta? No, mi hermano no es deportista.

—¿Qué edad tiene?

—Dieciséis años... Acaba de suspender los exámenes finales del bachillerato, y mi padre está furioso.

—¿Por eso lo ha encerrado en su habitación?

—Seguramente... Georges-Henry y mi padre no se llevan muy bien.

—En cambio, usted debe de tener una relación muy buena con su padre, ¿verdad?

—Bastante buena.

Maigret miró, por casualidad, la mano de la dueña de la casa y vio con sorpresa que sujetaba con tal crispación el cuchillo que las articulaciones se habían vuelto azuladas.

Los tres seguían esperando, mientras el mayordomo servía nuevos los platos. No corría una hilo de aire, por lo que se oía el más leve movimiento de las hojas de los árboles.

Cuando se lanzó desde la ventana sobre el jardín, Georges-Henry echó a correr. ¿En qué dirección? Hacia el Sena no, pues lo habrían visto. Por detrás, al fondo del jardín, pasaba la línea del ferrocarril. A la derecha, estaba el jardín de la casa de Amorelle.

El padre debió de correr detrás del hijo. Maigret no pudo evitar una sonrisa, pensando en la rabia que animaba seguramente a Malik, que se había visto forzado a aquella penosa persecución.

Les dio tiempo de tomar el queso y luego el postre. Era el momento de levantarse y pasar al salón o a la terraza, pues todavía era de día. El comisario miró su reloj y comprobó que hacía doce minutos que el dueño de la casa se había ido.

La señora Malik permanecía sentada. Su hijo intentaba discretamente recordarle sus deberes de anfitriona, cuando se oyó por fin a alguien que avanzaba por el vestíbulo.

Era el Recaudador, con su sonrisa, una sonrisa un poco crispada, a pesar de todo; y lo primero que observó Maigret fue que se había cambiado de pantalón. Este era también de franela blanca, pero sin duda acababa de sacarlo del armario pues tenía la raya todavía intacta.

¿Acaso en su carrera Malik se había enganchado en las zarzas? ¿O había tenido que chapotear en algún arroyo?

No había dispuesto de tiempo suficiente para ir muy lejos. Su reaparición no constituía, ni con mucho, un récord, y no se le veía sofocado; su cabello gris acero seguía perfectamente peinado, nada en su atuendo indicaba desorden.

—Tengo un pillastre de...

El hijo mayor era digno del padre, pues lo interrumpió como la cosa más natural del mundo:

—¿Otra vez Georges-Henry, por lo que veo? Le estaba diciendo al comisario que ha suspendido los exámenes finales y que lo habías encerrado en su habitación para obligarlo a estudiar.

Malik permaneció imperturbable, no se mostró satisfecho ni admirado por esa intervención tan oportuna. Sin embargo, fue una jugada excelente. Se habían devuelto la pelota con tanta precisión como en el tenis.

—Gracias, Jean —dijo Malik al mayordomo que pretendía servirle—. Si la señora lo desea, pasaremos a la terraza... —Y dirigiéndose a su mujer—: A menos que te encuentres cansada... En ese caso, a mi amigo Maigret no le molestará que te retires. ¿Verdad, Jules? Estos últimos días han sido duros para ella. Le tenía un gran cariño a su sobrina.

Había algo discordante en aquellas palabras, aunque resultasen corrientes y el tono sonase trivial. Sin embargo, Maigret percibía o, más bien, olfateaba, subyacentes a cada frase, cosas oscuras o amenazantes.

La señora Malik se levantó, permaneciendo muy erguida, con su vestido blanco. Los miró; y a Maigret, sin saber por qué, no le habría extrañado verla desplomarse sobre las baldosas de mármol negro y blanco.

—Con su permiso —balbució ella.

Le tendió por fin la mano, que estaba fría y que Maigret apenas rozó. Los tres hombres franquearon la puerta-ventana y se dirigieron a la terraza.

—Tráenos puros y aguardiente, Jean —pidió el dueño de la casa. —Luego, a quemarropa, le preguntó a Maigret—: ¿Estás casado?

—Sí.

—¿Hijos?

—No he tenido esa suerte.

Malik frunció un instante los labios, en un gesto que no se le escapó a Jean-Claude, aunque tampoco le extrañó.

—¡Siéntate, y coge un puro!

El mayordomo había llevado varias cajas, habanos y puros de Manila, y también varios frascos de licores, con distintas formas.

—¿Sabes? El pequeño se parece a su abuela. No ha heredado nada de los Malik.

Una de las dificultades de la conversación, y que también preocupaba a Maigret, era que no lograba tutear a su antiguo compañero de clase.

—¿Consiguió atraparlo? —preguntó, dudando.

Malik malinterpretó el uso del usted por parte de Maigret. Era inevitable. Un destello de satisfacción brilló en sus ojos. Era evidente que creía que el excomisario estaba impresionado por su riqueza y no se atrevía a utilizar un tono más familiar.

—Puedes tutearme —dijo en tono condescendiente, haciendo crujir un puro entre sus dedos largos y cuidados—. Teniendo en cuenta las muchas horas que hemos pasado juntos sentados en los bancos del instituto... No, no lo he cogido, ni tenía esa intención.

Mentía. Bastaba con haberlo visto precipitarse fuera del comedor.

—Solo quería saber adónde iba... Es de naturaleza nerviosa e impresionable, como una niña.

»Antes, me ausenté un instante para subir a su cuarto. Le di una reprimenda. He estado algo duro con él, y siempre tengo miedo...

¿Acaso leyó en los ojos de Maigret que este, por analogía, pensaba en Monita, que se había ahogado y que también era de naturaleza nerviosa? Sin duda, porque se apresuró a añadir:

—¡Oh!, no es lo que piensas. ¡Se quiere demasiado para eso! Pero a veces desaparece. Una vez, desapareció ocho días y lo encontraron, por casualidad, en una cantera donde había pedido trabajo.

El primogénito escuchaba, indiferente. Se veía que apoyaba a su padre. Despreciaba profundamente a aquel hermano del que hablaban y que tanto se parecía a su abuela.

—Como sabía que él no llevaba dinero encima, lo he seguido, y ahora ya estoy más tranquilo... Ha ido junto a la vieja Bernadette y, a estas horas, debe de estar llorando sobre su regazo.

La oscuridad era cada vez mayor; y a Maigret le pareció que a Malik ya no le preocupaba tanto ocultar las expresiones de su rostro. Sus rasgos se volvieron más duros; la mirada se hizo más aguda, sin aquella ironía que dulcificaba un poco su naturaleza feroz.

—¿Sigues empeñado en alojarte en casa de Jeanne? Podría enviar a un criado para que trajera tu equipaje.

Esa insistencia no le gustó nada al antiguo comisario, que vio en ello algo parecido a una amenaza. ¿Estaría equivocado? ¿Quizá se debía a su mal humor?

—Me alojaré en L'Ange —dijo.

—¿Aceptas entonces mi invitación para mañana? Vendrán algunos tipos interesantes. No somos muy numerosos. Seis mansiones en total, contando el antiguo castillo, que está al otro lado del río. Pero es suficiente para ver a algunos bichos raros.

Precisamente en ese momento se oyó un disparo de ese lado del río. Maigret apenas se sobresaltó, cuando ya Malik se había puesto a explicarle:

—Es el viejo Groux, que caza palomas torcaces. Un tipo excéntrico al que verás mañana. Toda esa colina que ves, o más bien que la oscuridad te impide ver, en la otra orilla, es suya. Sabe que quiero comprársela; y ya hace veinte años que se obstina en no vender, aunque no tenga un céntimo.

¿Por qué habría bajado la voz, como le sucede a quien está hablando y de pronto se le ocurre otra idea?

—¿Sabrás encontrar el camino de salida? Jean-Claude te acompañará hasta la verja. Jean-Claude, ¿puedes cerrarla? Luego sigues el camino de sirga y, a unos doscientos metros, coges el pequeño sendero que te conducirá directamente a L'Ange... Si te gustan las viejas historias, estarás encantado, pues la vieja Jeanne, que sufre de insomnio, debe de estar esperándote y te contará infinitas historias, sobre todo si te compadeces de sus desgracias y te muestras afligido por sus numerosos males.

Se bebió el último trago y se quedó de pie, dando a entender a Maigret que la sesión había terminado.

—Entonces hasta mañana, al mediodía. Cuento contigo. —Le tendió una mano adusta y vigorosa—. Es gracioso encontrarse después de tanto tiempo... Buenas noches, amigo...

Un «Buenas noches, amigo» algo protector, lejano.

Entró en la casa, mientras Maigret, acompañado por el primogénito, bajaba la escalinata.

No había luna y ya había oscurecido. Maigret, que seguía el camino de sirga, oyó el ruido lento y monótono de un par de remos. Alguien dijo en voz baja:

—¡Para!

El ruido cesó y se oyó otro distinto: el de una red que acababan de lanzar por la borda. ¿Se trataba de pescadores furtivos?

Siguió su camino, fumando su pipa, con las manos en los bolsillos, disgustado consigo mismo y con los demás y preguntándose qué hacía allí, en vez de estar en su casa.

Avanzó a lo largo del muro que rodeaba el jardín de los Amorelle. Entonces, al pasar ante la verja, vio una luz en una de las ventanas. A la izquierda, había matorrales sombríos; un poco más adelante, estaba el sendero que conducía a la posada de la vieja Jeanne.

De pronto oyó un chasquido seco, seguido de un ligero ruido en el suelo, a algunos metros delante de él. Se paró en seco, sobresaltado, puesto que aquel sonido se parecía a la detonación que había oído un rato antes. Malik le había explicado que se trataba de un viejo excéntrico que se pasaba las tardes cazando palomas torcaces.

Ya no se oía ningún ruido. Sin embargo, había alguien allí, cerca de él, seguramente apostado en el muro que rodeaba la casa de los Amorelle; alguien que había disparado una carabina y que no había tirado precisamente al aire, a alguna paloma posada en un árbol, sino al suelo, a Maigret, que pasaba por allí en ese momento.

Hizo una mueca de fastidio y de satisfacción al mismo tiempo. Apretó los puños, furioso, y, sin embargo, eso le alivió. Prefería recurrir a ese gesto.

—¡Sinvergüenza! —masculló.

Era inútil buscar al agresor y echar a correr, como había hecho Malik un rato antes. Era de noche y no encontraría a nadie, y además, existía el riesgo de caer tontamente en algún agujero.

Con las manos siempre en los bolsillos, la pipa entre los dientes, ancho de espaldas y la marcha voluntariamente lenta, continuó su camino, mostrando así su desprecio al mantener en todo momento el mismo ritmo.

Poco después, llegó a L'Ange, sin que le hubieran tomado de nuevo por un blanco.

3

Retrato de familia en el salón

Eran las nueve y media y aún no se había levantado. Desde hacía un buen rato, a través de la gran ventana abierta, le llegaban los sonidos del exterior: el cacareo de las gallinas que escarbaban en el patio entre el estiércol, la cadena de un perro, las llamadas insistentes de los remolcadores, y los otros, más tenues, de las chalanas con motor.

Maigret tenía resaca; como él mismo solía decir: «Una maldita resaca». Ahora ya conocía el secreto de la vieja Jeanne, la propietaria de L'Ange. La noche anterior, cuando él regresó, ella todavía estaba en el comedor, sentada cerca del reloj de péndulo de cobre. Malik no se había equivocado cuando le dijo que estaría esperándolo, pero, sin duda, más con la intención de beber que de hablar.

«¡Le da con ganas a la botella!», pensó Maigret, aún medio dormido, sin atreverse a levantarse bruscamente, por temor a sufrir un fuerte dolor de cabeza.

Tenía que haberse dado cuenta enseguida. Había conocido a otras mujeres iguales, de cierta edad, que habían perdido toda coquetería, que se arrastraban por la vida, como esta, dolientes, quejumbrosas, el rostro y los cabellos grasientos, lamentándose de todas las enfermedades que el buen Dios nos da.

—Tomaré una copita —le había dicho Maigret, sentándose cerca de ella, o más bien instalándose a horcajadas en una silla—. Y a usted, señora Jeanne, ¿qué puedo ofrecerle?

—Nada, señor. Es mejor que no beba. Todo me hace daño.

—¿Una copita de licor?

—Bueno, por acompañarlo... Entonces, tomaré una copita de kummel... ¿Quiere servirse usted mismo...? Las botellas están en la estantería. Esta noche tengo las piernas tan hinchadas...

Debido al alcohol, se quedó medio dormida en la silla. Él también había tomado lo mismo para complacerla. Todavía sentía náuseas al recordarlo. Se juró no volver a beber jamás ni una gota de kummel.

¿Cuántas copas se había tomado Jeanne como si nada? Primero hablaba con voz quejumbrosa, pero poco a poco se fue animando. De vez en cuando, mirando a otra parte, cogía la botella y se servía. Cuando Maigret se dio cuenta de ello, empezó a llenar su propia copa cada diez minutos.

Una velada curiosa. La criada se había acostado hacía rato. El gato se había hecho un ovillo en las piernas de la señora Jeanne; el péndulo del reloj oscilaba dentro de su caja de cristal; y la mujer habló, primero, de Marius, su difunto marido; luego, de ella misma, muchacha de buena familia, que, por seguir a Marius, se había negado a casarse con un oficial que más tarde llegaría a ser general.

—Hace tres años estuvo aquí, con su mujer y sus hijos, unos días antes de la muerte de Marius. No me reconoció.

También dijo de Bernadette Amorelle:

—Dicen que está loca, pero no es cierto. Simplemente tiene un carácter extraño, muy extraño. Su marido era una mala bestia. Fue el quien creó, con Campois, las grandes canteras del Sena.

No tenía un pelo de tonta la señora Jeanne.

—Ahora ya sé por qué ha venido usted aquí... Todo el mundo lo sabe... Y creo que pierde usted el tiempo.

Luego habló de los Malik, de Ernest y de Charles.

—¿Todavía no ha visto a Charles? Ya lo verá... Y también a su mujer, la señorita Aimée, la más joven de las señoritas Amorelle. Vivimos en un pueblo pequeño, ¿verdad? Apenas una aldea. Y, sin embargo, en él ocurren cosas curiosas. Sí, encontraron a la señorita Monita en la presa.

No, la señora Jeanne no sabía nada. ¿Acaso uno puede saber qué le pasa por la cabeza a una joven?

Y seguía bebiendo. Maigret también. La escuchaba hablar, llenaba los vasos de ambos, estaba como hechizado, y a menudo decía:

—Lamento que por culpa mía no pueda usted irse a dormir.

—No lo sienta usted. ¡Duermo tan poco debido a los dolores! Pero si usted tiene sueño...

Permaneció con ella todavía un rato. Y cuando se fueron a la cama, cada uno por una escalera diferente, oyó un estrépito que supo se debía a que la señora Jeanne se había desplomado sobre los escalones.

Y ahora ella no debía de haberse levantado todavía. Por fin Maigret se decidió a salir de la cama y se dirigió directamente al lavabo para beber, para beber largos tragos de agua fresca y luego lavarse a fin de quitarse de encima el sudor con olor a alcohol, a kummel. ¡No! ¡Jamás en la vida volvería a tomarse una copa de kummel!

¡Vaya! Alguien acababa de llegar a la posada. Oyó la voz de la criada, que decía:

—Le repito que todavía está durmiendo...

Se asomó a la ventana y vio, hablando con Raymonde, a una criada vestida de negro, con un delantal blanco.

—¿Me buscan a mí? —preguntó.

Y la criada dijo, mirando hacia arriba:

—¿Ve como no está durmiendo? —Tenía una carta en la mano, un sobre negro, y dijo—: Espero contestación.

Raymonde subió la carta. Maigret se había puesto el pantalón, y los tirantes le golpeaban los muslos. Hacía ya calor. Un fino vaho ascendía del río.

> ¿Podría venir a verme lo antes posible? Lo mejor sería que acudiese con mi doncella, quien lo conducirá a mi habitación; si no, quizá no lo dejen subir. Ya sé que se reunirá con todos ellos al mediodía.
>
> BERNADETTE AMORELLE

Maigret siguió a la doncella, que debía de rondar los cuarenta años. Era realmente muy fea y tenía los mismos ojillos de botón de botín que su dueña. No pronunció una sola palabra durante el trayecto. Parecía indicarle con su actitud: «Es inútil que intente hacerme hablar. Obedezco unas órdenes y no conseguirá que rompa mi silencio».

Rodearon el muro, franquearon la verja y siguieron la avenida que conducía a la gran mansión de los Amorelle. En todos los árboles del jardín se oían cantar a los pájaros. El jardinero empujaba una carretilla de estiércol.

La casa era menos moderna que la de Ernest Malik, menos fastuosa, como desdibujada por la bruma del tiempo.

—Por aquí...

No entraron por la puerta principal que daba a la escalinata, sino por una pequeña puerta del ala derecha, y subieron por una escalera de paredes decoradas con cuadros del siglo pasado. No habían llegado siquiera al rellano de la primera planta cuando se abrió una puerta y apareció la señora Amorelle, tan erguida y mostrando una actitud tan categórica como el día anterior.

—Ha tardado usted mucho —refunfuñó.

—El señor no estaba arreglado cuando llegué... Tuve que esperar a que se vistiera...

—Entre por aquí, comisario. Creía que un hombre como usted se levantaba temprano.

Aquella era su habitación, una habitación muy amplia con tres ventanas. La cama, con dosel, estaba ya hecha. Sobre los muebles se veían numerosos objetos, y era evidente que casi toda la vida de aquella anciana se desarrollaba en aquella habitación, que era su dominio exclusivo y cuya puerta entreabría a disgusto.

—Siéntese. Sí, sí... Aborrezco hablar con alguien que esté de pie. Puede fumar su pipa, si le apetece. Mi marido fumaba en pipa de la mañana a la noche. Y no huele tan mal como los puros... ¿Así que ya ha cenado en casa de mi sobrino?

Podría haberle resultado cómico ver cómo lo trataba, igual que a un niño; pero Maigret no estaba de humor aquella mañana.

—En efecto, cené con Ernest Malik —contestó en tono brusco.

—¿Qué le ha dicho?

—Que era usted una vieja loca y que su hijo Georges-Henry estaba casi tan loco como usted.

—¿Lo ha creído usted?

—Luego, cuando volvía a L'Ange, alguien, que sin duda pensaba que mi carrera había llegado a su fin, ha disparado contra mí. Supongo que el muchacho estaba aquí...

—¿Qué muchacho...? ¿Se refiere a Georges-Henry? Ayer no lo vi en todo el día y tampoco por la noche.

—Sin embargo, su padre afirmó que se había refugiado en su casa.

—Si todo lo que él le diga lo va a tomar usted por palabras del Evangelio...

—¿No tiene noticias de él?

—Ninguna. Y me gustaría mucho tenerlas. Por cierto, ¿qué ha averiguado?

En ese momento él la miró y se preguntó, sin saber por qué, si ella quería realmente que él averiguase algo.

—Parece ser —prosiguió ella— que se encuentra usted muy a gusto con mi sobrino Ernest.

—Coincidimos en la misma clase en el instituto de Moulins; y se empeña en tutearme como cuando teníamos doce años.

Maigret tenía un mal día. Le dolía la cabeza. Su pipa sabía mal y se había visto obligado a salir detrás de la doncella sin haber tomado antes su café, pues en L'Ange todavía no lo habían preparado.

Aquella familia empezaba a exasperarlo: se espiaban entre ellos y nadie parecía decir la verdad.

—Estoy preocupada por Georges-Henry —dijo ella—. Quería mucho a su prima. Es posible que hubiera algo entre ellos.

—Tiene dieciséis años.

La anciana lo miró de arriba abajo.

—¿Y usted cree que eso es un impedimento para...? Yo nunca he estado tan enamorada como a los dieciséis años y, si hubiera tenido que cometer una tontería, habría sido precisamente a esa edad. Debe usted encontrar a Georges-Henry.

Maigret le dijo en tono frío, casi sarcástico:

—¿Dónde me aconseja que lo busque?

—Ese es su trabajo, no el mío. Me pregunto por qué su padre le ha dicho a usted que lo había visto venir aquí. Malik sabe muy bien que eso no es cierto.

Su voz delataba una inquietud real. Iba de un lado a otro de la habitación y, cada vez que el comisario hacía el gesto de levantarse, le repetía:

—Siéntese.

Hablaba como si lo hiciese para ella misma.

—Han organizado para hoy una gran comida. Estarán allí Charles Malik y su mujer. Han invitado también al viejo Campois y a ese trasto de Groux. Yo también he recibido una invitación esta mañana, a primera hora. Me pregunto si habrá vuelto Georges-Henry.

—¿Tiene algo más que decirme, señora?

—¿A qué se refiere?

—A nada. Ayer, cuando fue usted a Meung, dejó entrever que se resistía a creer que la muerte de su nieta fuese una muerte natural.

La señora Amorelle lo miraba fijamente, sin dejar traslucir su pensamiento.

—Y ahora que está usted aquí —replicó ella con cierto arrebato—, ¿no me dirá que encuentra normal lo que está pasando?

—No pretendía decir eso.

—Pues bien, entonces prosiga con su investigación. Asista a esa comida.

—¿Estará usted allí?

—Aún no lo sé. Observe lo que ocurre a su alrededor. Escuche lo que se dice. Y si es usted tan bueno como aseguran...

Era evidente que no estaba satisfecha del trabajo de Maigret. ¿Acaso él no se mostraba lo bastante flexible y respetuoso con sus manías? ¿Ella se sentía defraudada porque todavía no había descubierto nada?

A pesar del dominio que ejercía sobre sí misma, se hallaba nerviosa, inquieta. Se dirigió hacia la puerta, dando por terminada la conversación.

—Me temo que esos sinvergüenzas son más inteligentes que usted —le dijo a modo de despedida—. Ya lo veremos. Por ahora, vaya usted, porque le apuesto lo que quiera a que lo están esperando abajo.

Y así era. Caminaba por el pasillo, cuando se abrió silenciosamente una puerta. Una doncella —que no era la que lo había acompañado hasta la casa— le dijo, con una reverencia:

—El señor y la señora Malik lo esperan en el saloncito. Si quiere usted seguirme...

La casa era fresca, las paredes estaban pintadas de colores oscuros, con puertas de madera tallada, paneles, cuadros y grabados por todas partes. Alfombras mullidas amortiguaban las pisadas, y las persianas dejaban penetrar solamente la luz necesaria.

Una última puerta. Y, dando dos pasos, se encontró frente al señor y la señora Malik, ambos vestidos de luto, que lo esperaban.

¿Por qué su primera impresión fue la de no estar ante algo real, sino ante un cuadro de familia, sabiamente compuesto? Todavía no conocía a Charles Malik, quien no se parecía en nada a su hermano, aunque los dos tuvieran un aire de familia. Era un poco más joven, más corpulento. Su rostro sanguíneo era más colorado, y los ojos no eran grises como los de Ernest, sino más bien de un azul casi cándido.

Tampoco poseía esa seguridad en sí mismo propia de su hermano, y tenía bolsas bajo los ojos, cierta flacidez en los labios e inquietud en la mirada.

Se lo veía muy rígido ante la chimenea de mármol blanco. Su mujer estaba sentada cerca de él, en un sillón Luis XVI, con las manos sobre las rodillas, como si posara para una fotografía.

El conjunto traslucía tristeza, o más bien abatimiento. El tono de Charles Malik era vacilante.

—Entre, señor comisario, y discúlpenos por pedirle que viniera a vernos un momento.

La señora Malik se parecía mucho a su hermana, pero era más esbelta, con algo de la vivacidad de su madre. En aquel momento, esa vivacidad se veía como velada, aunque el luto reciente bastaba para explicarlo. En la mano derecha tenía un pañuelito hecho un ovillo que no dejó de manosear durante toda la reunión.

—Le ruego que se siente. Sé que dentro de un momento nos veremos en casa de mi hermano. Al menos yo, pues dudo que mi mujer se sienta con fuerza suficiente para asistir a esa comida. No ignoro las razones por las que ha venido usted aquí y desearía...

Miró a su mujer, la cual se limitó a mirarlo con cierta modestia, pero con firmeza.

—Acabamos de vivir unos días muy dolorosos, señor comisario; y la testarudez de mi suegra parece que nos reserva pruebas todavía más dolorosas. Usted ya ha hablado con ella. No sé qué opinión le merece.

Maigret tuvo buen cuidado de no decírselo, pues se dio cuenta de que el hombre empezaba a alterarse y llamaba de nuevo a su mujer en su auxilio.

—Mi madre —dijo esta— tiene ya ochenta y dos años, lo no debemos olvidar. Lo olvidamos con facilidad porque posee una vitalidad excepcional... Por desgracia, su cabeza no siempre está a la altura de su actividad incesante. La muerte de mi hija, que era su preferida, la ha trastornado por completo.

—Ya me he dado cuenta, señora.

—Ahora comprenderá usted cuál es nuestra situación tras la tragedia ocurrida. A mi madre se le ha metido en la cabeza que existe algo sospechoso en la muerte de mi hija.

—El comisario lo ha entendido perfectamente —dijo Charles Malik—. No te alteres, querida... Mi mujer es muy nerviosa, señor comisario. En realidad, todos estamos sometidos a mucha tensión en estos momentos. El aprecio que le tenemos a mi suegra es lo único que nos impide tomar unas medidas que parecen imponerse. Y por eso le pedimos...

Maigret prestó atención.

—... le pedimos... que evalúe correctamente las ventajas y los inconvenientes antes de...

¡Iba al grano, sin duda! ¿Acaso era ese hombretón vacilante el que había disparado la noche anterior contra él? Esa idea, que lo asaltó de repente, no tenía nada de inverosímil.

Ernest Malik era un animal de sangre fría y, sin duda, de haber disparado, habría apuntado mejor. Este otro, por el contrario...

—Entiendo su situación —prosiguió el dueño de la casa, acodado en la chimenea y pareciendo, más que nunca, un retrato de familia—. Es delicada, muy delicada. En definitiva...

—En definitiva —lo interrumpió Maigret, con su expresión más ingenua—, me pregunto qué he venido a hacer aquí.

Miró al otro que estaba de pie, y comprobó que se estremecía de satisfacción.

Eso era exactamente lo que esperaban que dijera. En definitiva, ¿qué hacía él allí? Ninguno de ellos lo había llamado, sino una vieja señora de ochenta y dos años que ya empezaba a chochear.

—No pretendía decirle que se fuese —se corrigió Charles Malik, muy hombre de mundo—, y ya que es usted amigo de Ernest, creo que sería mejor...

—Le escucho.

—Sí... Creo que sería conveniente, o más bien deseable, no alentar en mi suegra ideas que... que...

—¿Usted está convencido, señor Malik, de que su hija sufrió una muerte natural?

—Creo que fue un accidente.

Había enrojecido; sin embargo, su tono era firme..

—¿Y usted, señora?

El pañuelo ya no era más que una pequeñísima bola en su mano.

—Estoy de acuerdo con mi marido.

—En ese caso, naturalmente...

Les daba esperanzas. Veía cómo se llenaban de esperanza, pensando que pronto se librarían para siempre de su enojosa presencia.

—... me siento obligado a asistir a la comida de su hermano, puesto que me ha invitado. Luego, si no ocurre nada, si ningún hecho nuevo requiere mi presencia...

Se levantó, casi tan a disgusto como ellos. Tenía prisa por estar fuera, por respirar aire fresco.

—Volveremos a vernos dentro de un rato —le dijo Charles Malik—. Perdone si no le acompaño, pero tengo cosas que hacer todavía.

—No se moleste. Señora, mis respetos...

Estaba todavía en el jardín, dirigiéndose hacia el Sena, cuando oyó un ruido extraño. Era el de una manivela de un teléfono rural, con el breve timbrazo que anunciaba que la llamada había sido respondida.

«Está llamando a su hermano para ponerlo al corriente», pensó Maigret.

Y creía adivinar las palabras: «¡Ya está! Se va a ir. Lo ha prometido. Siempre y cuando no ocurra nada en la comida».

Un remolcador arrastraba sus ocho chalanas hacia el alto Sena; y se trataba de un remolcador con el triángulo verde, un remolcador de Amorelle et Campois; las chalanas pertenecían también a Amorelle et Campois.

Solo eran las once y media de la mañana. No poseía el valor suficiente para pasar por L'Ange, donde además no tenía nada que hacer. Siguió caminando por la orilla, rumiando sus confusos pensamientos. Se detuvo, como cualquier curioso, ante el lujoso trampolín de Ernest Malik. Estaba de espaldas a la casa de este.

—¿Qué hay, Maigret?

Era Ernest Malik, vestido con un traje gris, de hilo; calzado con zapatos de ante blanco, y con un sombrero de paja fina.

—Mi hermano acaba de llamarme.

—Ya lo sé.

—Parece que ya estás más que harto de las historias de mi suegra.

Había algo contenido en su voz y una especie de insistencia en la mirada.

—Por lo que veo, tienes ganas de volver con tu mujer y tus lechugas...

Entonces, sin saber por qué (tal vez se tratara de eso que suelen llamar inspiración), Maigret se mostró más tosco, más pesado, más pasivo que nunca.

—No...

Malik acusó el golpe. Toda su sangre fría no bastó para disimular su frustración. Por un momento, pareció incapaz de tragar saliva; y su nuez de Adán subió y bajó dos o tres veces.

—¡Ah...!

Lanzó una rápida mirada alrededor; aunque seguramente no era su intención tirar a Maigret al Sena.

—Disponemos aún de tiempo antes de que lleguen los invitados. Solemos comer tarde. Acompáñame un momento a mi despacho.

Mientras atravesaban el jardín, no pronunciaron palabra. Maigret entrevió a la señora Malik, que estaba colocando flores en los jarrones del salón.

Rodearon la casa, y Malik entró primero, seguido de Maigret, en un despacho muy amplio, con mullidos sillones de cuero y paredes decoradas con maquetas de barcos.

—Puedes fumar...

Cerró la puerta con cuidado, bajó un poco las persianas, pues el sol entraba a raudales en la estancia. Por último, se sentó a su mesa y se puso a juguetear con un abrecartas de cristal.

Maigret se había sentado sobre el brazo de un sillón y estaba llenando lentamente la pipa, con un rostro de lo más inexpresivo, que no delataba ningún pensamiento. Como el silencio se prolongaba, preguntó suavemente:

—¿Dónde está tu hijo?

—¿Cuál? —Y luego, dominándose—: No se trata de mi hijo.

—Se trata de mí.

—¿Qué quieres decir?

—Nada.

—Pues bien, ¡sí! Se trata de ti.

Al lado de aquel hombre elegante, de silueta nerviosa, con el rostro fino y cuidado, Maigret tenía realmente aspecto de un palurdo.

—¿Cuánto me ofreces?

—¿Quién te ha dicho que pensaba ofrecerte algo?

—Lo suponía.

—Después de todo, ¿por qué no? La administración estatal no es muy generosa. No sé cuánto te habrá quedado de jubilación.

Maigret le miró, siempre dócil y humilde.

—Tres mil dos. —Y añadió, ciertamente con un candor que desarmaba—: Por supuesto, tenemos algunos ahorros.

Esta vez, Ernest Malik se quedó realmente turbado. Todo aquello le parecía demasiado fácil. Le daba la impresión de que su antiguo compañero de clase se burlaba de él. Sin embargo...

—Escucha...

—Soy todo oídos...

—Se muy bien lo que vas a pensar.

—¡Pienso tan poco!

—Pensarás que tu presencia aquí me perturba, que tengo algo que ocultar. Y aun cuando eso fuera cierto...

—Sí; aun cuando eso fuera cierto, eso no debería importarme, ¿verdad?

—¿Es una ironía?

—En absoluto.

—Perderías el tiempo conmigo, ¿sabes? Seguro que te crees muy listo. Has hecho una carrera honorable, llena de éxitos, persiguiendo a ladrones y a asesinos. ¡Pues bien! Aquí, mi pobre Jules, no hay ladrones, ni asesinos. ¿Entiendes? Te has encontrado, por una de esas sorprendentes casualidades de la vida, en un ambiente que desconoces y donde puedes causar mucho daño. Por eso te digo...

—¿Cuánto?

—Cien mil.

Maigret no se inmutó siquiera; ladeó la cabeza, como si dudase.

—Ciento cincuenta. Podría llegar hasta doscientos mil.

Ese día Malik se había levantado nervioso y crispado. No dejaba de juguetear con el abrecartas, que de pronto se rompió entre sus dedos. Por su dedo índice discurrió una gota de sangre. Maigret le dijo:

—Te has hecho daño...

—Cállate. O, al menos, contesta a mi pregunta. Te firmo un cheque de doscientos mil francos. ¿No quieres un cheque entonces? No importa... Luego, podemos ir en coche hasta París y allí retiraré dinero en metálico de mi banco. Después, te llevaré a Meung.

Maigret suspiró.

—¿Qué respondes?

—¿Dónde está tu hijo?

Esta vez Malik no pudo contener su cólera.

—¡Eso a ti no te importa! De hecho, no le importa a nadie, ¿sabes? No estoy en tu despacho del Quai des Orfèvres; y tú ni siquiera sigues allí. Así que te pido que te vayas porque tu presencia aquí es, cuando menos, inoportuna. Todos se muestran preocupados. La gente se pregunta...

—¿Qué se preguntan en realidad?

—Por última vez, te pido que te vayas sin armar ningún escándalo. Y para eso estoy dispuesto a compensarte generosamente. ¿Qué dices? ¿Sí o no?

—Por supuesto que digo que no.

—Muy bien. En ese caso, me veo obligado a emplear otro tono.

—No te reprimas.

—No soy un monaguillo, ni nunca lo he sido. Si no, no habría llegado a ser lo que soy. Ahora bien, debido a tu terquedad, a tu estupidez, sí, a tu estupidez, te arriesgas a que se produzcan otras desgracias que ni siquiera puedes imaginar. Y te sientes satisfecho, ¿verdad? Crees que sigues trabajando todavía para la policía judicial interrogando sin descanso a algún ladronzuelo o a algún joven delincuente que ha estrangulado a una vieja.

»Pues que sepas que yo no he estrangulado a nadie y tampoco robado.

—En ese caso...

—¡Cállate! Quieres quedarte, pues entonces quédate. Sigue metiendo las narices en todas partes. Pero lo harás por tu cuenta y riesgo.

»Como ves, Maigret, soy mucho más fuerte que tú, y te lo he demostrado.

»Si hubiera estado hecho de la misma pasta que tú, habría sido un buen recaudador de impuestos, como mi padre.

»¿Quieres entrometerte en asuntos ajenos? Pues que así sea.

»Pero será por tu cuenta y riesgo.

Había recobrado su calma aparente y su mueca sarcástica.

Maigret se había levantado y buscaba su sombrero.

—¿Adónde vas?

—Fuera.

—¿No comes con nosotros?

—Prefiero comer en otro sitio.

—Como quieras. Incluso con esta actitud se ve que eres mediocre. Mediocre y mezquino.

—¿Eso es todo?

—Por ahora, sí.

Con el sombrero en la mano, Maigret se dirigió tranquilamente hacia la puerta. La abrió y salió sin volverse. Una vez fuera, vio una silueta que se alejaba rápidamente, pero le dio tiempo a reconocer a Jean-Claude, el primogénito, que debía de haber estado bajo la ventana abierta, escuchando toda la conversación.

Maigret rodeó la casa; y en la avenida principal se cruzó con dos hombres a los que todavía no conocía.

Uno de ellos era pequeño, rechoncho, con un cuello enorme y manos grandes y vulgares: se trataba, sin duda, del señor Campois, pues coincidía con la descripción que Jeanne había hecho de él la noche anterior. El otro, que debía de ser su nieto, era un muchacho alto, de rostro agradable.

Los dos lo miraron con cierta extrañeza, mientras Maigret se dirigía hacia la verja; luego ambos se volvieron hacia él parándose incluso para observarlo mejor.

«¡Bien, una cosa menos!», se dijo Maigret, al tiempo que se alejaba a lo largo del Sena.

Una barca estaba atravesando el río, conducida por un anciano vestido con un traje de tela amarillenta y con una corbata de un rojo chillón. Era el señor Groux, que llegaba a su vez a la cita. Allí estarían todos, salvo Maigret, para quien precisamente se había organizado aquella comida.

¿Y Georges-Henry? Maigret empezó a apretar el paso. No tenía hambre, pero estaba sediento. De todas maneras, se juró que, pasara lo que pasase, no bebería ninguna copita de kummel con la vieja Jeanne.

Cuando entró en L'Ange, no vio a la dueña en su sitio habitual, junto al viejo reloj. Asomó la cabeza por la puerta entreabierta de la cocina y Raymonde le gritó:

—¡Creía que hoy no comía aquí! —Y añadió levantando los brazos al cielo—: No he preparado nada. Además, la señora está enferma y no piensa bajar.

Ni siquiera había cerveza en la posada.

4

La perrera de arriba

Sería difícil determinar cómo se había operado aquel cambio, pero Maigret y Raymonde eran ahora buenos amigos. Apenas una hora antes, ella le había impedido gustosamente la entrada en la cocina.

—Ya le he dicho que no he preparado nada para comer.

Además, no le gustaban los hombres; decía que eran unos brutos y que olían mal. La mayoría de los que llegaban a L'Ange, incluso aquellos que estaban casados, intentaban hacerle carantoñas, cosa que la repugnaba.

En el pasado, había querido hacerse monja. Era alta y de carnes blandas, a pesar de su vigor aparente.

—¿Qué busca? —se impacientó, viendo al comisario plantado, con las piernas separadas, ante la alacena abierta.

—Algún resto de algo. Me da igual lo que sea. Hace tanto calor que no me veo con fuerzas para ir a comer a la zona de la esclusa.

—¡Si cree usted que puede encontrar restos de algo aquí! Primero, en principio, la posada está cerrada. Más exactamente, está en venta, y desde hace tres años. Y, cada vez que está a punto de venderla, la señora duda, pone objeciones y acaba negándose. Y no la necesita para vivir.

—Y usted, ¿qué va a comer?

—Pan y queso.

—¿Cree usted que habrá para dos?

Se mostraba tierno, con su rostro algo abotargado y sus grandes ojos. Se había instalado en la cocina como en su casa, y en vano le había dicho Raymonde:

—Salga de aquí, que aún no he preparado nada. Le prepararé la mesa en el comedor.

Pero él seguía allí, obstinado.

—Voy a ver —dijo ella—; si queda alguna lata de sardinas, será una suerte. En los alrededores no hay tiendas. El carnicero, el charcutero e incluso el tendero de Corbeil llevan el género a las casas grandes: a los Malik, a los Campois. Antes se detenían aquí y podíamos abastecernos. Pero al final la señora apenas comía, y pensó que los demás tampoco necesitábamos comer. Espere; voy a ver si hay algún huevo en el gallinero.

Había tres. Maigret insistió en hacer una tortilla, y ella se echó a reír viéndolo batir las yemas y las claras por separado.

—¿Por qué no ha ido a comer a casa de los Malik, si estaba invitado? Creo que su cocinero fue jefe de cocina con el rey de Noruega o de Suecia, no estoy segura.

—Prefiero quedarme aquí y comer con usted.

—¡En la cocina! En una mesa sin mantel.

Sin embargo, era verdad. Y Raymonde, sin saberlo, le ayudaba a sentirse mejor. Allí Maigret estaba a sus anchas. Se había quitado la chaqueta y remangado la camisa. De vez en cuando se levantaba para echar agua hirviendo en el café.

—Me pregunto qué la retiene aquí —le dijo, entre otras cosas, Raymonde, refiriéndose a la vieja Jeanne—. Dispone de más dinero del que puede gastar; no tiene hijos ni herederos, pues hace mucho tiempo que dejó de relacionarse con sus sobrinos.

Eran rasgos como esos los que, junto con los recuerdos del día anterior, con detalles insignificantes, daban a Maigret una imagen real de la dueña de la posada.

Había sido hermosa; Raymonde también se lo había dicho. Y era verdad. Eso se percibía, a pesar de sus cincuenta años mal llevados, a pesar de su cabello grasiento y de su tez grisácea.

Una mujer que había sido hermosa e inteligente y que, de pronto, se había abandonado; que bebía y vivía hurañamente en su rincón, y se pasaba los días quejándose e ingiriendo alcohol hasta el punto de permanecer acostada días enteros.

—Nunca se decidirá a irse de Orsenne.

Pues bien, cuando se hubiera formado esa misma imagen real de todos aquellos personajes relacionados con el asunto que lo había llevado hasta allí, cuando los «sintiera» realmente como sentía ahora a la dueña de L'Ange, entonces pronto aclararía el misterio que los rodeaba.

También estaba Bernadette Amorelle, a la que asimismo acabaría entendiendo.

—El viejo señor Amorelle, que ya murió, no era, ni mucho menos, el tipo de hombre que encarnan sus yernos. Más bien se parecía al señor Campois. No sé si me entiende. Era duro, pero justo. A veces se acercaba hasta la esclusa para charlar con sus marineros; y no dudaba en tomar un trago con ellos.

En definitiva: se trataba de la primera generación, la generación que había ascendido. La casa grande, sólida, sin ostentaciones exageradas.

Después, la siguiente generación, la de las dos hijas que se casaron con los hermanos Malik, la mansión moderna, el pontón, los coches de alta gama.

—Dígame, Raymonde, ¿usted conocía bien a Monita?

—Desde luego que la conocía. La conozco desde pequeñita, pues hace siete años que estoy en L'Ange y ella contaba entonces diez. Era como un chico... Siempre se le escapaba al ama de llaves y entonces la buscaban por todas partes. A veces, todos los criados tenían que salir en su busca gritando su nombre a lo largo del Sena. Generalmente hacía las trastadas con su primo Georges-Henry.

Maigret tampoco conocía a este último. Ella se lo describió.

—No es tan remilgado como su hermano, ¿sabe? Casi siempre va con pantalón corto, un pantalón corto no muy limpio, con las piernas desnudas y el cabello revuelto. Siempre ha tenido mucho miedo de su padre.

—¿Monita y Georges-Henry estaban enamorados?

—No sé si Monita lo querría. Una mujer siempre oculta mejor sus sentimientos; pero él, desde luego, sí la quería.

Se estaba bien en aquella cocina, en la que solo entraba un rayo sesgado de sol. Maigret fumaba su pipa acodado sobre la mesa de gruesa madera encerada, bebiéndose el café a pequeños sorbos.

—¿Lo ha visto después de la muerte de su prima?

—Lo vi el día del entierro. Estaba muy pálido, con los ojos enrojecidos. En mitad de la ceremonia se echó a llorar. En el cementerio, en el momento en que la gente desfilaba ante la fosa abierta, cogió de pronto un buen puñado de flores y las echó sobre el féretro.

—¿Y después?

—Creo que no lo dejan salir de casa.

Raymonde miraba a Maigret con curiosidad. Había oído decir que era un gran policía, que en el transcurso de su carrera había detenido a centenares de criminales y que había resuelto los casos más complicados. Y aquel hombre estaba allí, en mangas de camisa, en su cocina, fumando su pipa y charlando amigablemente, haciéndole preguntas sin importancia.

¿Qué podía esperar él de todo aquel asunto? Y Raymonde no podía evitar sentir cierta piedad por Maigret. Sin duda se estaba haciendo viejo; y por eso lo habían jubilado.

—Ahora tengo que fregar los cacharros y después el suelo.

Maigret se quedó allí sentado. Su expresión seguía siendo plácida y parecía tener la mente en blanco.

—Total —refunfuñó de pronto, a media voz—, que Monita ha muerto y Georges-Henry ha desaparecido.

Ella levantó la cabeza rápidamente.

—¿Está seguro de que ha desaparecido?

De pronto, Maigret cambió de actitud: se levantó, sus rasgos se endurecieron y pareció firmemente decidido a hacer algo.

—Escúcheme un instante, Raymonde. Espere, deme un lápiz y un papel.

La criada arrancó una página de un carnet grasiento que le servía para llevar las cuentas. No sabía cuáles eran las intenciones del excomisario.

—Ayer... Veamos... Estábamos en los postres. Serían, por tanto, más o menos las nueve de la noche... Georges-Henry saltó por la ventana de su habitación y salió corriendo.

—¿Hacia qué lado?

—Hacia la derecha. Si hubiera bajado hacia el Sena, lo habría visto atravesar el jardín. Si hubiera ido hacia la izquierda, también lo habría visto, pues el comedor tiene ventanas a ambos lados. Espere... Su padre fue tras él. Ernest Malik estuvo doce minutos fuera. Bien es verdad que de esos doce minutos invirtió algunos en cambiarse de pantalón y peinarse. Por lo menos, tres o cuatro minutos. Usted, que conoce bien el terreno, piénselo antes de contestar. Si Georges-Henry hubiera querido salir de Orsenne, ¿hacia dónde se habría dirigido?

—Hacia la derecha; allí está la casa de su abuela y de su tío —contestó ella, echando un vistazo al plano rudimentario que Maigret había ido dibujando mientras hablaba—. Entre los dos jardines no hay ningún muro, sino una hilera de setos que puede atravesarse por dos o tres sitios.

—¿Y luego?

—Desde el jardín vecino, pudo llegar al camino de sirga. Siguiéndolo, se llega a la estación de tren.

—¿Se puede dejar el camino antes de llegar a la estación?

—No... A no ser que cogiera un barco y cruzase el Sena.

—¿Es posible salir por la parte de abajo del jardín?

—Si se dispone de una escalera, sí. En la parte de abajo de los dos jardines está la línea del ferrocarril. Tanto en casa de los Amorelle como en la de los Malik, hay un muro demasiado alto imposible de franquear.

—Otro dato. Cuando regresaba hacia la posada, una hora más tarde, había una barca en el agua. Oí que echaban una red al agua.

—Sería Alphonse, el hijo del que vigila la esclusa.

—Muchas gracias, Raymonde. Si no le molesta, cenaremos también juntos.

—Pero no hay nada de comer.

—Al lado de la esclusa hay una tienda. Yo compraré lo que haga falta.

Estaba satisfecho de sí mismo. Tenía la impresión de haber vuelto a pisar tierra firme. Raymonde lo vio alejarse, a paso lento, en dirección a la esclusa. La presa se encontraba a unos quinientos metros. No había ningún barco en el canal, y el vigilante, sentado sobre las piedras azules del umbral de la puerta, estaba tallando la punta de un palo de madera para alguno de sus hijos, mientras una mujer iba de un lado a otro de la cocina, con un niño en brazos.

—Dígame... —comenzó el antiguo comisario.

El hombre se había levantado ya y llevado la mano a la gorra.

—Viene por lo de la señorita, ¿verdad?

Ya lo conocían en el lugar. Todo el mundo había advertido su presencia.

—Hombre, pues sí y no... Supongo que usted no sabrá nada acerca de eso.

—Bueno, fui yo quien la encontró allí; mire. Cerca de la tercera estaca de la presa. Me quedé conmocionado, pues la conocía bien. A menudo franqueaba la esclusa para bajar hasta Corbeil con su canoa.

—¿Su hijo estaba pescando ayer noche?

Al hombre se le vio algo incómodo.

—No tema, que yo no me encargo de la pesca furtiva. Lo vi hacia las diez; pero querría saber si una hora antes ya había salido.

—Se lo dirá él mismo. Lo encontrará en su taller, cien metros más abajo. Es el que construye las barcas.

Un taller de carpintería, donde dos hombres estaban ocupados en terminar una barca de pesca, de fondo plano.

—Sí, estaba en el río con Albert, que es mi aprendiz... Habíamos echado la red; luego, al volver...

—Si alguien hubiera atravesado el Sena en barca, hacia las nueve, entre la casa de los Malik y la esclusa, ¿lo habría visto?

—Desde luego. Todavía no era de noche. Además, si no lo hubiéramos visto, seguro que lo habríamos oído. Cuando se pesca como pescamos nosotros, se tiene el oído fino y...

En la pequeña tienda donde se abastecían los marineros, Maigret compró conservas, huevos, queso y salchichón.

—¡Se nota que se aloja usted en L'Ange! —le dijo el tendero—. En esa posada nunca tienen nada para comer. Deberían cerrarla ya.

Maigret subió hasta la estación. Era un simple apeadero con una caseta de guardabarrera.

—No, señor; no pasó nadie hacia esa hora, ni hasta las diez y media de la noche. Yo estaba sentado en una silla delante de la casa, con mi mujer. ¿El señor Georges-Henry? Desde luego que no. Lo conocemos bien y, además, nos habría saludado, pues él también nos conoce y no es un muchacho orgulloso.

Pese a todo, Maigret seguía empeñado en seguir preguntando. Miraba por encima de las vallas, interpelaba a las buenas gentes, casi todos jubilados, que trabajaban en sus jardines.

—¿El señor Georges-Henry? No, no lo hemos visto. ¿Es que ha desaparecido, como su prima?

Pasó un coche grande. Era el de Ernest Malik, pero no era este quien conducía, sino su hermano, que tomó la carretera que llevaba a París.

Cuando Maigret volvió a L'Ange eran las siete de la tarde, y Raymonde se echó a reír al verlo vaciar los bolsillos llenos de provisiones.

—Con esto —dijo ella— prepararemos una buena merienda.

—¿Sigue la señora en la cama? ¿No ha venido nadie a verla?

Raymonde dudó un momento.

—El señor Malik ha venido hace un rato. Cuando le he dicho que usted había salido para la esclusa, ha subido a verla. Han estado los dos cuchicheando durante un cuarto de hora; pero no he podido entender lo que decían.

—¿Viene a menudo a ver a Jeanne?

—Algunas veces, como ahora, de paso. ¿Tiene noticias de Georges-Henry?

Maigret se fue a fumar una pipa al jardín, mientras esperaba la cena. Bernadette Amorelle parecía sincera cuando decía que no había visto a su nieto. Cierto que esto no demostraba nada. Por un momento, Maigret pensó que todos mentían, sin excepción.

Sin embargo, presentía que la anciana no lo había engañado.

En Orsenne, en el entorno de los Malik, ocultaban algo, algo que no debía descubrirse, costara lo que costase. ¿Estaría relacionado con la muerte de Monita? Tal vez, pero no era tan evidente.

En primer lugar, se había producido una especie de fuga. La anciana señora Amorelle había aprovechado la ausencia de su hija y de su yerno para que la llevaran a Meung, en la antigua limusina, a fin de pedir ayuda a Maigret.

Ahora bien, el mismo día, cuando el antiguo comisario se encontraba en casa de Ernest Malik, había habido una segunda fuga. Esta vez se trataba de Georges-Henry.

¿Por qué había dicho su padre que el muchacho se encontraba en casa de su abuela? ¿Por qué, en ese caso, no había ido a buscarlo? ¿Y por qué no lo había visto al día siguiente?

Aquello resultaba, desde luego, un poco confuso. Ernest Malik tenía sus razones para mirar a Maigret con aquella sonrisa a la vez sarcástica y despectiva. Aquel no era un asunto que pudiera interesar al comisario. No se encontraba a gusto. Se trataba de un mundo que desconocía y que le costaba trabajo reconstruir.

Incluso el ambiente le resultaba extraño, por lo que tenía de artificial: aquellas enormes mansiones de jardines desiertos, con las persianas bajadas, con jardineros que iban y venían por los senderos, aquel pontón, aquellos barcos minúsculos y demasiado barnizados, aquellos coches de carrocería reluciente que esperaban en los garajes...

Y aquella gente, que se apoyaba entre sí, aquellos hermanos y cuñadas que tal vez se odiaran, pero que, aun así, se advertían del peligro y que se unían en bloque contra él.

Además, estaban de luto riguroso. Tenían a su favor la dignidad del luto y del dolor. ¿A título de qué, con qué derecho los observaba y se entrometía en sus asuntos?

Había estado a punto de renunciar a todo aquel asunto cuando entró en L'Ange para comer. Pero la atmósfera que reinaba en aquella cocina, con su abandono y su desorden, y la facilidad con la que había amansado a Raymonde y, sobre todo, las palabras que ella había pronunciado, así, sin darse cuenta, con los codos en la mesa, todo ello le había impedido marcharse. Y le había impedido olvidar lo que ella le había contado.

Raymonde había hablado de Monita, que parecía un muchacho y que se escapaba con su primo; y de Georges-Henry, con sus pantalones cortos sucios y su pelo alborotado.

Y Monita había muerto y Georges-Henry había desaparecido.

Lo buscaría, y lo encontraría. En eso consistía su oficio. Había recorrido todo Orsenne, y ahora estaba casi seguro de que el muchacho no se había marchado. Salvo que se hubiese ocultado en algún sitio, esperando la noche, y que entonces se hubiera alejado sin ser visto.

En la cocina, Maigret comía con apetito, sentado frente a Raymonde.

—Si nos viera la señora, no le haría ninguna gracia —dijo la criada—. Hace un rato me ha preguntado qué había comido usted. Le he dicho que le había servido dos huevos fritos en el comedor. Me ha preguntado también si pensaba usted irse.

—¿Antes o después de la visita de Malik?

—Después...

—En ese caso, creo que tampoco bajará mañana.

—Ha bajado hace un rato. No la he visto porque yo estaba en el fondo del jardín. Pero me he dado cuenta de que había bajado.

Maigret sonrió. Lo entendió enseguida. Se imaginó a Jeanne bajando sin hacer ruido, después de haber comprobado que la criada había salido al jardín, para coger una botella del estante.

—Quizá regrese tarde —le dijo Maigret.

—¿Han vuelto a invitarlo?

—No, no me han invitado. Pero me apetece dar un paseo.

Primero paseó por el camino del río, mientras esperaba que anocheciera. Luego se dirigió hacia el paso a nivel, donde vio al guardabarrera, en la oscuridad, sentado cerca de la puerta, fumando una pipa de boquilla larga.

—¿Le molesta si doy un paseo por la vía?

—Hombre, está prohibido, pero como es usted de la policía..., ¿verdad? Tenga cuidado, pues a las diez y diecisiete pasa un tren.

No tuvo que recorrer más de trescientos metros para ver el muro de la primera propiedad, la de la señora Amorelle y Charles Malik. Todavía no había oscurecido del todo, pero en las casas ya hacía un buen rato que habían encendido las lámparas.

En la planta baja había luz. Una de las ventanas de la planta de arriba, que pertenecía a la habitación de la anciana señora, estaba abierta de par en par; y resultaba curioso descubrir desde tan lejos, a través del azul del aire y de la tranquilidad del jardín, la intimidad de una habitación en la que los muebles y los objetos aparecían desdibujados en una claridad amarillenta.

Se entretuvo unos instantes observando. Vio una silueta que se movía, pero no era la de Bernadette, sino la de su hija, la mujer de Charles, que iba nerviosamente de un lado a otro y parecía hablar con vehemencia.

La anciana debía de estar en el sillón o en la cama, o en algún rincón de la habitación, pues Maigret no podía verla.

Siguió caminando por la grava y llegó al segundo jardín, el de Ernest Malik, menos frondoso, más aireado, con sus senderos amplios y perfectamente cuidados. También allí había luces encendidas, pero se filtraban por las láminas de las persianas bajadas, por lo que no se podía ver nada del interior.

En el jardín, que Maigret podía controlar oculto tras unos avellanos que crecían a lo largo de la vía, divisó dos altas siluetas, blancas y silenciosas; y se acordó de los perros daneses que, el día anterior, se habían acercado para lamer las manos del amo.

Sin duda los soltaban por la noche; debían de ser muy feroces.

A la derecha, al fondo, se levantaba una casita que el comisario no había visto todavía y que era, sin duda, la del jardinero o la del chófer.

Allí también había una luz encendida, solo una, que apagaron media hora más tarde.

Todavía no se veía la luna; y, sin embargo, la noche era menos oscura que la anterior. Maigret se había sentado en el talud, frente a los avellanos que lo ocultaban y cuyas ramas podía apartar con la mano, como si se tratase de una cortina.

El tren de las diez y diecisiete pasó a menos de tres metros de él, que miró la luz roja que desaparecía en la curva de la vía.

Todas las luces de Orsenne se iban apagando una tras otra. El viejo Groux no debía de estar cazando palomas, pues la calma de la noche no se vio turbada por ningún disparo.

Por fin, hacia las once, los dos perros que estaban echados el uno junto al otro, en el borde del césped, se levantaron al mismo tiempo y se dirigieron hacia la casa.

Desaparecieron un momento tras la mansión y, cuando el comisario se volvió para mirar, los dos animales escoltaban, saltando, a una silueta masculina que caminaba deprisa y que parecía dirigirse directo hacia él.

Se trataba de Ernest Malik. La silueta era demasiado delgada y nerviosa para ser la de un criado. Calzaba zapatos con suela de goma y caminaba por el césped, llevando en la mano un objeto imposible de distinguir, pero que era bastante voluminoso.

Maigret estuvo un buen rato pensando dónde iría Malik. De pronto, torció hacia la derecha y se acercó tanto al muro que podía oír la respiración de los perros.

—Quieto, Satán... Quieta, Leona...

Entre los árboles, había una pequeña construcción de ladrillo que debía de ser anterior a la casa, una construcción baja, techada de viejas tejas. ¿Quizás antiguas caballerizas o una perrera?

«Una perrera —se dijo Maigret—. Ha ido a llevar comida a los animales».

¡Pero no! Malik echó para atrás a los perros, sacó una llave del bolsillo y entró en la caseta. Se oyó claramente la llave girar en la cerradura. Después se hizo un gran silencio, muy largo, durante el cual la pipa de Maigret se apagó sin que este se atreviese a volver a encenderla.

Transcurrió una media hora; y, por fin, Malik salió de la cabaña, la cerró procurando no hacer ruido y, después de haber echado un vistazo alrededor, se dirigió a paso rápido hacia la casa.

A las once y media todos dormían o parecían estar durmiendo; y, cuando Maigret pasó de nuevo por la parte de atrás del jardín de los Amorelle, solo quedaba una lucecita encendida en la habitación de la anciana Bernadette.

Tampoco había luz en L'Ange. Maigret estaba preguntándose cómo entraría, cuando la puerta se abrió silenciosamente. Vio o más bien adivinó a Raymonde, en camisón, con las zapatillas puestas, que se llevaba un dedo a los labios y le susurraba:

—Suba deprisa. No haga ruido. La señora no quería que dejara la puerta abierta.

Él habría preferido quedarse un momento, hacerle algunas preguntas, beber algo; pero un crujido en la habitación de Jeanne asustó a la muchacha, que se precipitó hacia la escalera.

Entonces Maigret se quedó un rato inmóvil. El aire olía a huevos fritos y a un poco a alcohol. ¿Por qué no? Encendió una cerilla y cogió una botella del estante, se la puso bajo el brazo y subió a acostarse.

Se oía a la vieja Jeanne moverse en su habitación. Debía de haberse dado cuenta de que él había llegado. Pero a Maigret no le apetecía en absoluto hacerle compañía.

Se quitó la chaqueta, el cuello de la camisa, la corbata; se soltó los tirantes del pantalón que le quedaron colgando a los costados, y en el vaso de limpiarse los dientes echó aguardiente mezclado con agua.

Fumó una última pipa, acodado en la ventana, contemplando, distraído, el campo, que emitía ligeros crujidos.

Apenas eran las siete cuando se despertó. Oyó a Raymonde, que iba y venía en la cocina. Con la pipa en la boca —la primera pipa era sin duda la mejor— bajó y soltó un alegre «¡Buenos días!».

—Dígame, Raymonde, usted que conoce todas las casas del lugar...

—Las conozco sin conocerlas.

—Bueno. En el fondo del jardín de Ernest Malik está, a un lado, la casa de los jardineros...

—Sí. Allí se alojan también el chófer y los criados. Las doncellas, no, pues duermen en la casa.

—Pero ¿y al otro lado, cerca del terraplén del tren?

—No hay nada.

—Hay una construcción baja. Una especie de cabaña alargada.

—La perrera de arriba —dijo.

—¿Qué es la perrera de arriba?

—Hace tiempo, antes de que yo llegase aquí, los dos jardines eran uno solo. Era el jardín de los Amorelle. El viejo Amorelle era cazador. Tenía dos perreras, la que llamaban la de abajo, para los perros guardianes, y la de arriba, para los de caza.

—¿Ernest Malik no caza?

—Aquí no, porque no hay bastante caza para él. Posee un pabellón y perros en Sologne.

Sin embargo, algo preocupaba a Maigret.

—¿Esa construcción está en buen estado?

—No me acuerdo. Hace mucho tiempo que no voy a ese jardín. Había un sótano, en el que...

—¿Está segura de que hay un sótano?

—Antes, al menos, había uno. Lo sé porque la gente decía que había enterrado un tesoro en el jardín. Le diré que, antes de que el señor Amorelle encargara construir su mansión, hace unos cuarenta años o más, había allí una especie de castillo en ruinas. Según decían, en tiempos de la Revolución, los habitantes del castillo habían escondido un tesoro en el jardín. En cierto momento, el señor Amorelle sintió curiosidad por aquello y mandó llamar a unos brujos. Todos ellos afirmaron que debían buscar en el sótano de la perrera de arriba.

—Todo eso no tiene importancia —refunfuñó Maigret—. Lo que cuenta es que allí haya un sótano. Y es en ese sótano, mi buena Raymonde, donde el pobre Georges-Henry debe de estar encerrado.

De pronto la miró de un modo distinto.

—¿A qué hora pasa el tren para París?

—Dentro de veinte minutos. El próximo pasa a las doce y treinta y nueve. Hay otros, pero no se detienen en Orsenne.

Maigret ya se encontraba en la escalera. Sin tomarse el tiempo de afeitarse, se vistió y, poco después, se dirigió rápidamente hacia la estación.

La señora Jeanne golpeó el suelo de madera de su habitación y Raymonde subió a verla.

—¿Se ha ido? —preguntó la vieja Jeanne, que seguía acostada en sus sábanas húmedas.

—Acaba de salir corriendo.

—¿No ha dicho nada?

—No, señora.

—¿Ha pagado? Ayúdame a levantarme.

—No ha pagado, señora. Pero ha dejado su equipaje y todas sus cosas.

—¡Ah! —exclamó entonces Jeanne, desilusionada y quizá inquieta.

5

El cómplice de Maigret

París se veía fantásticamente espacioso y vacío. Los cafés de los alrededores de la estación de Lyon olían a cerveza y a cruasán mojado en café. Entre otras cosas, en una peluquería del bulevar de la Bastilla, hubo un cuarto de hora de un bienestar inolvidable, sin motivo alguno, porque era París en agosto, era por la mañana, y quizá también porque, más tarde, Maigret iría a saludar a sus antiguos colegas.

—Se nota que vuelve usted de vacaciones. Está quemado por el sol.

Era cierto. Tuvo que ser el día anterior, cuando recorrió todo Orsenne para asegurarse de que Georges-Henry no se había ido de allí.

Resultaba curioso comprobar cómo, desde la distancia, todo aquel asunto perdía consistencia. Ahora, recién afeitado, con la nuca rapada y unos restos de polvos tras la oreja, Maigret subió a la plataforma de un autobús, y unos minutos más farde franqueaba la puerta de la policía judicial.

Allí también se veía que estaban de vacaciones, y en el pasillo desierto, donde se dejaban todas las ventanas abiertas, el aire desprendía un olor que él conocía bien. Muchos despachos vacíos. En el suyo, en su antiguo despacho, encontró a Lucas, que parecía demasiado pequeño para tanto espacio, y quien se levantó precipitadamente, avergonzado, como si lo hubieran pillado en falta, por haber ocupado el sitio de su antiguo jefe.

—¿Usted en París, jefe...? Siéntese...

Lucas notó enseguida lo quemado que estaba por el sol. Aquel día, todo el mundo se daría cuenta de ese detalle y, de cada diez personas, nueve no dejarían de exclamar con satisfacción:

—¡Se nota que viene usted del campo!

¡Como si, desde hacía dos años, no viviera ya en el campo!

—Oye, Lucas, ¿te acuerdas de Mimile?

—¿Mimile, el del circo?

—Ese mismo. Me gustaría verlo hoy mismo.

—Se diría que se trae usted algún asunto entre manos, jefe...

—Se diría, sobre todo, que estoy a punto de comportarme como un imbécil. En fin... Ya te contaré. ¿Quieres encargarte de Mimile?

Lucas abrió la puerta del despacho de los inspectores y habló en voz baja. Debió de decirles que el antiguo jefe estaba allí y que necesitaba encontrar a Mimile. Durante la media hora que siguió, casi todos los hombres que habían trabajado con Maigret se las arreglaron para entrar en el despacho de Lucas, con un pretexto u otro, a fin de saludarlo.

—¡Ha tomado usted bien el sol, jefe! Se nota que...

—Otra cosa, Lucas. Podría hacerlo yo mismo, pero me fastidia. Necesito informes sobre la casa Amorelle et Campois, del Quai Bourbon. Los areneros del Sena, remolcadores y todo lo demás.

—Pondré a Janvier en ello, jefe. ¿Es urgente?

—Me gustaría tenerlo todo para el mediodía.

Deambuló por las oficinas y luego se dirigió al departamento financiero. Allí, conocían la empresa Amorelle et Campois, pero no poseían datos específicos sobre ella.

—Una gran firma. Tienen numerosas filiales. Es una empresa potente y no ha tenido problemas financieros por los que hayamos debido intervenir.

¡Qué bien sentaba respirar así el aire del lugar, estrechar manos, ver la alegría en todos aquellos rostros!

—¿Que tal ese jardín, jefe? ¿Y la pesca con caña?

Subió al departamento donde estaban los registros. Nada sobre los Malik. Fue a última hora, cuando iba ya a marcharse, cuando se le ocurrió buscar en la letra C.

Campois... Roger Campois... ¡Vaya, vaya! Había un expediente Campois: Roger Campois, hijo de Désiré Campois, industrial. Se había quitado la vida de un disparo en la cabeza, en una habitación de hotel del bulevar Saint-Michel.

Comprobó las fechas, las direcciones, los nombres. Désiré Campois era ciertamente el socio del viejo Amorelle al que había visto Maigret en Orsenne. Había tenido, del matrimonio con una tal Armande Tenissier, ya fallecida e hija de un contratista de obras públicas, dos hijos: un niño y una niña.

Y era el muchacho, Roger, hijo de Désiré, el que se había suicidado a los veintidós años. «Frecuentaba desde hacía algunos meses los garitos del Barrio Latino y había sufrido recientemente grandes pérdidas en el juego».

Respecto a la hija, esta se había casado y había tenido un hijo, sin duda el joven que acompañaba a su abuelo en Orsenne.

¿También la hija habría muerto? ¿Qué habría sido de su marido, un tal Lorigan? El expediente no lo mencionaba.

—¿Y si fuéramos a tomar una caña, Lucas?

Naturalmente, fueron a la cervecería Dauphine, detrás del Palacio de Justicia, donde había tomado tantas cervezas a lo largo de su vida. El aire resultaba sabroso como una fruta, con bocanadas de ráfagas frescas sobre un fondo de calor. Y era un espectáculo maravilloso ver cómo un camión de riego municipal trazaba anchas bandas mojadas sobre el asfalto.

—No pretendo agobiarlo a preguntas, jefe, pero confieso que estoy intrigado…

—Sobre lo que estoy tramando, ¿verdad? Yo también me lo pregunto. Y seguramente esta noche me proporcione bastantes disgustos. ¡Vaya, aquí está Torrence!

El gordo Torrence, que se había encargado de Mimile, sabía dónde encontrarlo. Ya había terminado su misión.

—A menos que haya cambiado de oficio hace dos días, lo encontrará, jefe, trabajando como mozo de las fieras en el Luna-Park. ¡Una caña!

Luego, Janvier, el bueno de Janvier… ¡Qué agradables eran todos aquel día y qué agradable verlos de nuevo y trabajar como en el pasado! Janvier se sentó a su vez ante en la mesa de bar en la que los platillos empezaban a formar una pila imponente.

—¿Qué necesita saber exactamente sobre la casa Amorelle et Campois, jefe?

—Todo...

—Espere...

Sacó un trozo de papel de su bolsillo.

—El viejo Campois, primero. Llegó a los dieciocho años de su Delfinado natal. Una especie de campesino astuto y obstinado. Primero, trabajó en una empresa de construcción en el barrio de Vaugirard; luego, para un arquitecto y, por último, para un contratista de Villeneuve-Saint-Georges. Allí conoció a Amorelle.

»Este es natural de Berry. Se casó con la hija del jefe. Se asoció con Campois y entre los dos compraron terrenos, río arriba de París, donde crearon su primer arenero. Hace cuarenta y cinco años de esto...

Lucas y Torrence miraban con una sonrisa divertida a su antiguo jefe, que escuchaba sin inmutarse. Parecía que, a medida que Janvier hablaba, Maigret recuperaba la expresión de los días pasados.

—Me he enterado de todo esto por un antiguo empleado, que es pariente lejano de un familiar de mi mujer. Lo conocía de vista, y ha bastado unas cuantas copas para que hablase.

—Continúa.

—Es la misma la historia de todas las grandes empresas. Unos años más tarde, Amorelle et Campois poseían media docena de areneros en el alto Sena. Luego, en vez de transportar sus arenas en chalanas, compraron barcos, y, más adelante, remolcadores. Eso dio mucho que hablar en la época, porque suponía la ruina de los barcos tirados por caballerías. Hubo manifestaciones ante las oficinas de la isla de Saint-Louis... Las oficinas, más modestas entonces, siguen estando en el mismo sitio. Amorelle recibió incluso cartas amenazadoras. Pero se mantuvo firme, y finalmente aquello se solucionó.

»Hoy en día, es una empresa enorme. Cuesta imaginar la importancia de un negocio como ese, y a mí me ha dejado asombrado. A los areneros se añadieron las canteras. Luego, Amorelle et Campois compraron acciones de las empresas de canteras de Ruan, ciudad donde construían sus barcos. Hoy en día, poseen la mayor parte de las acciones de una decena de negocios, por lo menos; empresas de navegación, de canteras, de construcción naval y también participan en las contratas de trabajos públicos y en empresas de hormigón armado.

—¿Y los Malik?

—Ahora le hablaré de ellos. Mi amigo me ha contado lo que sabe. Parece que Malik, el primero...

—¿A quién te refieres con el primero?

—Al que entró primero en la casa. Espere, voy a consultar mis notas. Ernest Malik, de Moulins.

—Muy bien.

—No era, en absoluto, del oficio, sino secretario de un importante consejero municipal. Fue así como conoció a los Amorelle et Campois. Adjudicaciones, sobornos y demás... Y se casó con la hija. Eso fue poco después del suicidio del joven Campois; este sí que participaba en los negocios familiares.

Maigret permanecía ensimismado y había entrecerrado los ojos. Lucas y Torrence se miraron de nuevo, felices de ver al jefe como en sus mejores días, con aquella mueca en los labios que sostenían la pipa, cuya cazuela acariciaba con su grueso pulgar, y con los hombros arqueados.

—Eso es lo que he averiguado, jefe... Una vez en la mansión, Ernest Malik mandó llamar a su hermano de no se sabe dónde. Este conocía aún menos el oficio que el otro. Algunos dicen que era un simple agente de seguros, de la parte de Lyon. Lo que no impidió que se casara con la otra hija y que, desde entonces, los hermanos Malik formen parte de todos los consejos de administración. Pues existe en la firma numerosas sociedades distintas, relacionadas entre sí. Parece ser que el viejo Campois no tiene ninguna autoridad. Además, cometió una enorme estupidez: vendió un montón de acciones, cuando creía que se cotizaban muy altas.

»La única que se enfrenta a los Malik es la vieja Amorelle, que no puede ni verlos. Y es ella quien posee, o eso dicen, la mayoría de las acciones de las distintas sociedades. En las oficinas de estas últimas, se comenta que es capaz, solo para fastidiar a sus yernos, de desheredarlos en la medida en que la ley se lo permita.

»Eso es todo lo que he encontrado.

Tomaron unas cuantas cervezas más.

—¿Comes conmigo, Lucas?

Comieron juntos, como en los mejores tiempos. Luego un autobús condujo a Maigret al Luna-Park. Se llevó una decepción al ver que no estaba Mimile en la casa de fieras.

—¡Seguramente estará en un bar de aquí al lado! Lo encontrará, quizás, en Cadran, o tal vez en Léon, a menos que haya ido al bar-tabaquería de la esquina.

Mimile estaba en el bar-tabaquería, donde Maigret lo invitó a un aguardiente añejo. Era un hombre de edad indefinida, con el vello descolorido, uno de esos hombres que la vida ha desgastado tanto como a las monedas, de modo que su cuerpo carecía de relieves. Era imposible saber si estaba ebrio o sereno, pues siempre tenía la misma expresión ausente y el mismo paso perezoso.

—¿Qué puedo hacer por usted, jefe?

En la prefectura, tenían un expediente suyo bastante voluminoso. Pero, desde hacía ya muchos años, se había vuelto más sensato, y a veces realizaba pequeños servicios para sus antiguos enemigos del Quai des Orfèvres.

—¿Puedes ausentarte de París durante veinticuatro horas?

—Si encuentro al polaco.

—¿Qué polaco?

—Un tipo al que conozco, pero que tiene un apellido demasiado complicado para recordarlo. Ha estado mucho tiempo con Amar y él podría cuidar de mis animales. Tendré que llamarlo. Pero primero una copita, ¿eh, jefe?

Dos copitas, tres copitas, pequeñas visitas a la cabina telefónica, y por fin Mimile declaró:

—¡Puede contar conmigo!

Mientras Maigret le explicaba lo que esperaba de él, Mimile se mostraba absolutamente asombrado, lo mismo que un emperador que hubiese recibido un bastonazo en la cabeza. No dejaba de repetir con sus gruesos labios:

—¡Bien, amigo, bien! Bien, amigo, bien... Porque es usted el que me lo pide, si no iría directamente al Quai a denunciarlo. Y, desde luego, se trata de un encargo extraño, muy extraño.

—¿Lo has entendido bien?

—Doy por hecho que lo he entendido.

—¿Tienes todo lo que necesitas?

—¡Y bastante más! Soy un experto en la materia.

Para quedarse más tranquilo, el comisario le dibujó un pequeño plano del lugar, consultó la guía de trenes y le repitió dos veces sus instrucciones.

—Que todo esté dispuesto a las diez, ¿eh? Cuente conmigo. Eso sí: si la cosa se complica, usted se encarga de dar explicaciones...

Subieron al mismo tren, un poco después de las cuatro, como si no se conocieran; y Mimile, que había facturado como equipaje una vieja bicicleta del dueño de la casa de fieras, se bajó una estación antes de llegar al apeadero de Orsenne.

Unos minutos más tarde se apeaba Maigret con expresión tranquila, como si fuese un pasajero habitual, y se detuvo para charlar con el guardabarrera, que ejercía también de jefe de estación.

Maigret empezó la conversación diciéndole que hacía mucho más calor en el campo que en París, y era cierto, pues aquel día el calor del valle era sofocante.

—Oiga, seguro que en esa taberna deben de tener un vino bastante bueno, ¿eh?

Había una taberna a unos cincuenta metros de la estación y pronto los dos hombres estuvieron allí sentados, ante una botella de vino blanco, primero, y luego ante unas copitas que iban bebiendo a un ritmo vertiginoso.

Una hora más tarde era evidente que el guardabarrera dormiría profundamente aquella noche, y eso era lo que pretendía Maigret.

En cuanto a él, había tirado con discreción gran parte del alcohol que le habían servido, por lo que se encontraba bastante despabilado mientras caminaba hacia el Sena y, algo más tarde, cuando entró en el pequeño jardín de L'Ange.

Raymonde pareció sorprenderse al verlo tan pronto de vuelta.

—¿Y la señora? —preguntó él.

—Sigue en su habitación. A propósito, ha llegado una carta para usted. La trajeron poco después de que se marchase. Seguramente aún estaba usted en la estación. Si no hubiera estado sola, se la habría llevado yo misma hasta allí.

Señor:

Le ruego que tenga la bondad de dar por finalizada la investigación que le pedí en un momento de depresión del todo comprensible, teniendo en cuenta mi edad y el terrible golpe que acababa de sufrir.

Por ello, he podido interpretar erróneamente unos acontecimientos dolorosos, una interpretación que no correspondía con los hechos, y ahora lamento haberlo sacado de su retiro.

Su presencia en Orsenne ha empeorado aún más una situación ya penosa de por sí, y me permito añadir que la indiscreción con que se ha comportado usted ante la tarea que le había confiado y la torpeza de la que ha dado prueba hasta ahora me hacen desear vivamente su rápida marcha.

Espero que lo entienda usted y no insista, a fin de no perturbar a una familia ya muy afectada por lo sucedido.

Durante mi visita insensata a Meung-sur-Loire, dejé sobre la mesa diez mil francos en billetes, destinados a cubrir sus primeros gastos. Adjunto encontrará un cheque por la misma suma, de modo que considere este asunto terminado.

Reciba mis saludos cordiales,

BERNADETTE AMORELLE

Desde luego se trataba de su escritura picuda, pero no era ese su estilo, y Maigret, esbozando una curiosa sonrisa, se guardó la carta y el cheque en el bolsillo, convencido de que lo que acababa de leer procedía más bien de Ernest Malik que de la anciana señora.

—También tengo que decirle que la señora me ha preguntado, hace un rato, cuándo piensa usted marcharse.

—¿Me está echando?

La gorda Raymonde, de formas a la vez robustas y blandas, se puso toda colorada.

—No pretendía decir eso. Ella afirma que su enfermedad va para largo. Cuando sufre esas crisis...

El comisario miró de reojo las botellas, que eran la principal razón de aquellas crisis.

—¿Y qué más?

—Pronto se venderá la casa.

—¡Una vez más! —ironizó Maigret—. ¿Y después, dulce Raymonde?

—Olvídese de mí. Habría preferido que se lo hubiera dicho ella misma. Asegura que no es apropiado que esté sola en la casa con un hombre. Nos ha oído comer a los dos juntos en la cocina, y me ha reprendido.

—¿Cuándo quiere que me marche?

—Esta tarde o mañana por la mañana, lo más tarde.

—Y no hay otra posada en el pueblo, ¿verdad?

—Hay una a cinco kilómetros.

—Bueno, Raymonde, hablaremos de ello mañana por la mañana.

—Es que no tengo nada para cenar esta noche, y me ha prohibido...

—Comeré en la esclusa.

Y eso hizo. Había, como al lado de la mayoría de las esclusas, una tienda pequeña, destinada a los marineros, en la que se servía de beber. Un tren de barcazas estaba precisamente en la entrada; y las mujeres, rodeadas de sus chiquillos, aprovechaban para hacer la compra, mientras los hombres entraban a echar un trago rápido.

Toda aquella gente trabajaba para Amorelle et Campois.

—Deme una botella de vino blanco, un trozo de salchichón y media libra de pan.

Allí no había restaurante. Se instaló en un extremo de una mesa, mirando el agua que burbujeaba bajo las compuertas. En otro tiempo, las chalanas se desplazaban lentamente a lo largo de las orillas, arrastradas por pesados caballos que alguna muchacha, casi siempre con los pies descalzos, conducía a lo largo del camino de sirga, con su varita.

Aquellas eran las «caballerizas» que se veían todavía en algunos canales, pero que Amorelle et Campois, con sus remolcadores humeantes y sus chalanas a motor, habían desterrado del alto Sena.

El salchichón era bueno; el vino, flojo, con un ligero sabor agrio. La tienda olía a canela y a petróleo. Una vez abiertas las compuertas de río arriba, el remolcador llevó sus chalanas como polluelos hacia lo alto del canal, y el encargado de la esclusa entró para echar un trago. Se acercó a la mesa de Maigret.

—Creía que tenía que marcharse esta tarde.

—¿Quién se lo ha dicho?

El hombre se mostró confuso.

—Ya sabe, ¡si uno creyese todo lo que se cuenta!

Malik pasaba al ataque. No perdía el tiempo. ¿Habría ido él personalmente a la esclusa?

De lejos, Maigret podía ver, entre el verdor de los jardines, los tejados de las orgullosas mansiones de los Amorelle y de los Campois: el de la anciana Amorelle y de su yerno; la de Ernest Malik, la más suntuosa de todas; la de Campois, a media ladera de la colina, de aspecto casi campesino, aunque era indudablemente burguesa, con sus muros pintados de rosa. En la otra orilla, la casa solariega, envejecida, destartalada, del señor Groux, que prefería hipotecar sus propiedades a ver sus bosques convertidos en canteras.

No estaba lejos de allí el señor Groux. Se le veía, con la cabeza descubierta, al sol, vestido de color caqui, como siempre, sentado en un bote verde amarrado entre dos estacas y pescando con caña.

No hacía viento ni había ondas en el agua.

—Dígame, usted que sabe de estas cosas, ¿habrá luna esta noche?

—Eso depende de la hora. Saldrá un poco antes de medianoche por detrás del bosque que se ve río arriba. Está en cuarto creciente.

Maigret se hallaba bastante satisfecho de sí mismo y, sin embargo, no lograba disipar la ligera angustia que sentía en el pecho y que se intensificaba, en lugar de desaparecer, a medida que pasaba el tiempo.

También experimentaba cierta nostalgia. Había pasado una hora en el Quai des Orfèvres, con aquellos hombres que lo conocían tan bien, que seguían llamándolo «jefe», pero que...

¿Qué habrían dicho de él después de que se marchase de allí? Seguro que habían comentado que echaba de menos su trabajo, que no era tan feliz en el campo como pretendía, que aprovechaba la primera ocasión para experimentar de nuevo las emociones de tiempo atrás...

En definitiva, era tan solo un aficionado. ¡Y seguro que parecía un aficionado!

—¿Otro trago de vino blanco?

El encargado de la esclusa no dijo que no; tenía la manía de limpiarse la boca con la manga después de cada trago.

—Seguro que el joven Malik, Georges-Henry, ha ido a pescar muchas veces con su hijo...

—¡Oh, sí, señor!

—Debía de gustarle, ¿verdad?

—¡Le gustaban el agua, el bosque y los animales!

—¡Un buen muchacho!

—Un buen muchacho, sí. Nada orgulloso. Si hubiera visto a los dos chicos con la señorita... A menudo descendían juntos por el río, en canoa. Yo les proponía que pasaran por la esclusa, aunque normalmente no se abre para las pequeñas embarcaciones. Pero ellos no querían. Preferían transportar la canoa al otro lado del canal. Los veía volver al caer la tarde.

Al atardecer, o más bien en plena noche, Maigret llevaría a cabo un trabajo desagradable. Después ya se vería. Se vería si estaba equivocado, si se había convertido en un viejo animal que había merecido que lo jubilasen o si todavía era capaz de hacer algo provechoso.

Pagó. Caminaba lentamente, fumando su pipa, a lo largo de la orilla. La espera le estaba resultando larga; se diría que aquella tarde el sol no se decidía a ponerse. El agua se deslizaba con lentitud, en silencio, tan solo con un murmullo apenas perceptible; y los mosquitos la rozaban peligrosamente, incitando a los peces a saltar.

No vio a nadie, ni a los hermanos Malik ni a sus criados. Aquella tarde todo parecía estar en un punto muerto. Un poco antes de las diez, dejando tras él la luz que brillaba en la habitación de Jeanne, en L'Ange, y la de la cocina donde estaba Raymonde, se dirigió, al igual que la noche anterior, hacia la estación.

Los numerosos vasos de vino blanco debían de haber hecho su efecto, pues el guardabarrera no estaba en su puesto, ante la puerta de su casa. Maigret pudo pasar sin ser visto y siguió caminando por la vía.

Detrás de la cortina que formaban los avellanos, más o menos en el mismo lugar donde se había ocultado la noche anterior, encontró a Mimile en su puesto, un Mimile tranquilo, con las piernas separadas, un cigarrillo apagado en la boca, y que parecía estar tomando el fresco.

—¿Aún no ha llegado?

—No.

Siguieron esperando en silencio. De vez en cuando se hablaban al oído. Al igual que el día anterior, había una ventana abierta en la casa de Bernadette Amorelle y, de cuando en cuando, se veía pasar a la anciana bajo una luz tenue.

A las diez y media vieron una silueta en el jardín de Malik, y las cosas ocurrieron exactamente como la noche anterior. El hombre, que llevaba un paquete, iba custodiado por sus perros, que lo siguieron hasta la puerta de la perrera de la parte de arriba. Entró, permaneció allí dentro mucho más tiempo que la noche anterior y por fin regresó a la casa. En la planta superior se iluminó una ventana, que abrieron un momento para cerrar los postigos.

Los perros deambularon un rato por el jardín antes de echarse de nuevo, y se acercaron no lejos del muro, oliendo, sin duda, la presencia de los dos hombres.

—¿Voy para allá, jefe? —murmuró Mimile.

Uno de los perros daneses enseñó los dientes, dispuesto a gruñir, pero el hombre del Luna-Park ya había lanzado en su dirección un objeto que se estrelló contra el suelo con un ruido sordo.

—A menos que estén mejor adiestrados de lo que creía... —murmuró Mimile—. Pero no tengo miedo. Estos campesinos no saben adiestrar a los perros; e incluso, cuando les dan un perro bien amaestrado, acaban por echarlo a perder.

Tenía razón. Los dos animales olfatearon aquello que les habían echado. Maigret, inquieto, había dejado que se apagase la pipa. Por fin, uno de los perros cogió la carne con los dientes y la sacudió, mientras el otro, envidioso, soltó un gruñido amenazador.

—¡Habrá para todo el mundo! —bromeó Mimile, lanzando un segundo trozo—. ¡No os peleéis, corderitos míos!

Aquello duró apenas cinco minutos. De pronto, los perros blancos se tambalearon un instante, dieron vueltas en círculos, sintiéndose mal, y finalmente se echaron sobre uno de los flancos. Al verlos así, Maigret no se sintió muy orgulloso de sí mismo.

—Ya está, jefe. ¿Vamos allá?

Era mejor esperar un poco más, esperar a que fuera noche cerrada y que se apagaran todas las luces. Mimile se impacientaba.

—Pronto saldrá la luna y entonces será demasiado tarde.

Mimile había llevado consigo una cuerda que ya estaba atada al tronco de un fresno joven del borde de la vía, al lado del muro.

—Espere a que baje yo primero.

El muro tenía poco más de tres metros de alto, pero estaba en muy buen estado, sin ningún saliente.

—Será más difícil subir por aquí. A menos que encontremos una escalera en este endiablado jardín. ¡Mire! Allí hay una carretilla, en aquel sendero. Si la colocamos contra la pared, algo nos ayudará.

Mimile estaba animado, alegre; era evidente que se encontraba en su elemento.

—Si me hubieran dicho que haría esto mismo con usted a mi lado...

Se aproximaron a la antigua perrera o antigua caballeriza, que era una construcción de ladrillos, de una sola planta, con un patio de cemento, rodeado de una verja.

—No necesito linterna —dijo en voz baja Mimile, tanteando la cerradura.

Abrió la puerta enseguida, y recibieron, como una bofetada, el olor a paja podrida.

—¡Cierre la puerta! ¡Oiga, me parece que no hay nadie aquí dentro!

Maigret encendió su linterna y no vieron nada a su alrededor, solo un tablero medio deshecho, un arnés enmohecido colgado de un gancho, una fusta en el suelo y paja mezclada con estiércol y polvo.

—Es en el sótano —dijo Maigret—. Debe de haber una trampilla o algún tipo de abertura.

Al remover entre la paja, encontraron enseguida una fuerte trampilla, con gruesos herrajes. Estaba cerrada solo con un cerrojo que Maigret, conteniendo el aliento, descorrió lentamente.

—¿A qué espera? —exclamó Mimile.

Nada. Y, sin embargo, hacía años que no había experimentado una emoción como aquella.

—¿Quiere que la abra yo?

No. Maigret levantó la trampilla. En el sótano no se oía ningún ruido y, sin embargo, ambos tuvieron la sensación de que allí dentro había un ser vivo.

De pronto la linterna iluminó un espacio negro debajo de ellos y los rayos enfocaron un rostro, una figura que se levantó de golpe.

—No tenga miedo —dijo Maigret a media voz.

Intentó seguir con la linterna la silueta que iba de un extremo del muro al otro, como un animal acorralado. Le dijo maquinalmente:

—Soy un amigo.

Mimile propuso:

—¿Bajo?

Del sótano surgió una voz que dijo:

—¡Sobre todo, que nadie me toque!

—No, hombre, no. No le tocaremos.

Maigret hablaba, hablaba, como en un sueño, o más bien como se habla para calmar a un niño que acaba de despertarse de una pesadilla. Y esa escena parecía realmente una pesadilla.

—Esté tranquilo. Vamos a sacarlo de aquí.

—¿Y si no quiero salir?

Era una voz febril, mordaz, de chiquillo confundido.

—¿Bajo? —volvió a decir Mimile, que tenía prisa por acabar.

—¡Escuche, Georges-Henry! Soy un amigo. Lo sé todo.

Y aquello fue como si hubiera pronunciado la palabra mágica de los cuentos de hadas. El muchacho se calmó al instante. Hubo un silencio breve y después una voz con un tono distinto preguntó, con desconfianza:

—¿Qué es lo que sabe?

—Primero debemos salir de aquí, mi querido muchacho. Le juro que no tiene nada que temer.

—¿Dónde está mi padre? ¿Qué ha hecho con él?

—Su padre está en su habitación, en la cama, seguramente.

—¡No es verdad!

Su voz transmitía una intensa amargura. Lo estaban engañando. Estaba casi seguro de que lo estaban engañando, como siempre habían hecho con él. El comisario percibió la angustia que revelaba aquella voz, aunque empezaba a impacientarse.

—Su abuela me lo ha contado todo.

—¡No es verdad!

—Ha sido ella quien fue a buscarme y la que...

El muchacho casi gritó:

—¡Ella no sabe nada! Solo yo sé lo que...

—¡Chis! Confíe en mí, Georges-Henry. Venga con nosotros. Cuando haya salido de aquí, hablaremos tranquilamente.

¿Se dejaría convencer? Si no, habría que bajar a aquel agujero, actuar con cierta violencia, sujetarlo con fuerza hasta reducirlo del todo. Se debatiría, arañaría, mordería, como un animal asustado.

—¿Bajo? —repetía Mimile, que empezaba a ponerse nervioso y que se volvía a veces hacia la puerta con temor.

—Escuche, Georges-Henry. Soy de la policía.

—¡Este asunto no tiene nada que ver con la policía! ¡Odio a la policía! ¡Odio a la policía! —Se calló. Se le acababa de ocurrir algo y, en otro tono, dijo—: Además, si fuese usted de la policía, habría... —Aulló—: ¡Déjeme! ¡Déjeme en paz! ¡Váyase! ¡Está mintiendo! ¡Sabe muy bien que está mintiendo! Vaya a decirle a mi padre...

En ese momento una voz resonó del lado de la puerta que acababa de abrirse sin hacer ruido:

—Perdonen si les molesto, señores.

La linterna de Maigret iluminó la silueta de Ernest Malik que estaba allí, muy tranquilo, con un gran revólver en la mano.

—Me parece, mi pobre Jules, que estaría en todo mi derecho si te matase ahora mismo, así como a tu compañero.

Abajo, se oía el castañeo de los dientes del muchacho.

6

Mimile y su prisionero

Sin manifestar la menor sorpresa, Maigret se volvió lentamente hacia el recién llegado. Hizo caso omiso al revólver que lo apuntaba.

—Saca al muchacho de ahí —dijo en un tono tranquilo, como el de alguien que, tras haber intentado resolver una tarea y fracasar en el intento, le dice a otro que lo intente a su vez.

—Escucha, Maigret... —comenzó Malik.

—Todavía no. Aquí no. Dentro de un rato escucharé todo lo que quieras decirme.

—¿Admites que te has metido en un lío?

—Te he dicho que te encargues del chico. ¿No vas a hacerlo? Mimile, baja al agujero.

Solo entonces Ernest Malik pronunció con voz seca:

—Puedes salir, Georges-Henry.

El muchacho no se movió.

—¿Has oído lo que te he dicho? ¡Sal! El castigo ya ha durado bastante.

Maigret se estremeció. ¿Así que pretendía hacerle creer que se trataba de eso? ¿Que se trataba de un castigo?

—No eres demasiado inteligente, Malik. —Maigret se acercó al agujero y dijo en un tono tranquilo y dulce—: Ya puede salir, Georges-Henry. No tiene nada que temer. Ni de su padre, ni de nadie.

Mimile le tendió la mano y ayudó al muchacho a izarse al nivel del suelo. Georges-Henry estaba encorvado sobre sí mismo. Evitó mirar a su padre, esperando el momento propicio para salir corriendo.

Maigret ya había previsto esto último. De hecho, lo había previsto todo, incluso, y principalmente, la llegada inesperada de Malik. En verdad, Mimile había recibido instrucciones a este respecto y ya solo quedaba ejecutarlas.

Los cuatro hombres no podían quedarse indefinidamente en la antigua perrera, y fue Maigret el primero que se dirigió hacia la puerta, sin preocuparse de Malik, que le cerraba el paso.

—Estaremos más cómodos en la casa para charlar —murmuró.

—¿Quieres charlar?

El comisario se encogió de hombros. Le lanzó una mirada a Mimile, al pasar junto a él, que significaba: «Haz exactamente lo que te he dicho».

Pues se trataba de una maniobra delicada y un movimiento erróneo podía comprometerlo todo. Salieron uno tras otro. Georges-Henry salió el último; se deslizó fuera, evitando acercarse a su padre. Los cuatro avanzaban por el sendero; y ahora era Maigret el que experimentaba cierta inquietud. La noche estaba oscura. La luna aún no había salido. Maigret había apagado su linterna.

Tenían que recorrer todavía unos cien metros. ¿Qué esperaba el chico? ¿El comisario se habría equivocado en sus previsiones?

Ahora parecía que nadie se atrevía a hablar, que nadie quería responsabilizarse de lo que podría pasar a continuación.

Sesenta metros todavía. Dentro de un minuto sería demasiado tarde, y a Maigret le habría gustado darle un codazo a Georges-Henry para que este regresase al mundo real.

Veinte metros... diez metros... Tendría que resignarse. ¿Qué harían esos cuatro hombres metidos en una habitación de la casa, de la que ya se veía la fachada blanca?

Cinco metros. ¡Demasiado tarde! O quizá no. Georges-Henry se mostraba más listo que el mismo Maigret, pues se le había ocurrido otra posibilidad: cuando llegasen a la casa, su padre encabezaría el pequeño grupo para abrir la puerta.

Y justo en ese momento dio un salto, y, un instante después, se oyeron sus pisadas sobre la hierba y las ramas entre la espesura del jardín. Mimile se había dado cuenta de la maniobra y lo seguía, pisándole los talones.

Malik perdió apenas un segundo, pero fue un segundo precioso. Su reflejo fue encañonar con su revólver la silueta del hombre de circo. Y habría disparado. Pero, antes de que tuviera tiempo de apretar el gatillo, Maigret le dio un puñetazo en el antebrazo y el revólver cayó al suelo.

—¡Ya está! —dijo con satisfacción el comisario.

No se molestó en recoger el arma, que envió con el pie en medio del sendero. En cuanto a Ernest Malik, el orgullo le impidió recuperarla. ¿Qué ganaba con eso?

La partida que se jugaba ahora entre ambos no podía, de ninguna manera, verse amenazada por un revólver.

Para Maigret, fue un minuto repleto de emoción. Precisamente porque había previsto que aquello pasaría. La noche era tan tranquila que se oía, a lo lejos, a los dos hombres que corrían el uno detrás del otro. Malik y él aguzaban el oído. Resultaba evidente que Mimile no perdía terreno.

Ya debían de haber entrado en el jardín vecino, donde seguían corriendo y por donde llegarían al camino de sirga.

—Bien —dijo Maigret cuando el sonido se fue extinguiendo hasta ser casi imperceptible—. ¿Y si entráramos?

Malik giró la llave que había introducido anteriormente en la cerradura, y entró. Luego le dio al interruptor de la luz y vieron a su mujer de pie, con una bata blanca, en el recodo de la escalera.

Miraba a los dos hombres con sus grandes ojos, estupefacta, sin saber qué decir. Fue su marido el que le dijo de mal humor:

—¡Vete a la cama!

Estaban los dos solos en el despacho de Malik, y Maigret, de pie, empezó a llenar su pipa, mientras lanzaba miradas de satisfacción a su adversario. Malik iba de un lado a otro de la estancia con las manos a la espalda.

—¿Piensas denunciarme? —preguntó lentamente Maigret—. Es una ocasión única para hacerlo; no tendrás otra. Tus dos perros envenenados. Salto del muro y allanamiento de morada. Podrás incluso declarar que ha habido intento

de secuestro... y encima de noche... Y todas estas infraccio-
nes se castigan con trabajos forzados. Vamos, Malik... El
teléfono está ahí, al alcance de la mano. Una llamada a la
gendarmería de Corbeil y se verán obligados a detenerme...

»¿Qué más necesitas? ¿Qué te impide hacer lo que realmente deseas...?

El tuteo ya no le resultaba molesto, al contrario; pero
no era de la misma naturaleza que el que había empleado
Malik cuando se vieron por primera vez. Era el tuteo que el
comisario usaba a menudo con sus «clientes».

—¿Acaso te molesta que todo el mundo sepa que tenías
a tu hijo encerrado en un sótano...? Sin embargo, estás en
tu derecho como padre. El derecho a castigar. ¡Cuántas veces, cuando yo era pequeño, me amenazaron con encerrar-
me en el sótano!

—Cállate, ¿quieres?

Se había plantado ante Maigret y lo miraba fijamente,
intentando adivinar lo que subyacía tras las palabras del comisario.

—Veamos, ¿qué sabes exactamente?

—¡Por fin! Esa era la pregunta que esperaba.

—¿Qué sabes? —preguntó, impaciente, Malik.

—Y tú, ¿qué temes que sepa?

—En primer lugar, te pedí que no te entrometieras en
mis asuntos.

—Y yo no te he hecho caso.

—Por segunda y última vez, te digo...

Pero Maigret ya estaba negando con la cabeza.

—No... Ya ves, ahora es imposible.

—No sabes nada...

—En ese caso, ¿de qué tienes miedo?

—No averiguarás nada.

—Entonces, no represento ninguna amenaza para ti.

—En cuanto al chico, no hablará. Ya sé que cuentas con que lo hará.

—¿Eso es todo lo que tienes que decirme, Malik?

—Te pido que reflexiones. Hace un rato podía haberte matado, y ahora empiezo a lamentar no haberlo hecho.

—Quizá te hayas equivocado en eso, en efecto. Dentro de un rato, cuando salga de aquí, aún estarás a tiempo de dispararme por la espalda. Claro que entonces el chico estará lejos y habrá alguien con él. ¡Bueno! Me voy a dormir. ¿No llamas entonces? ¿No me denuncias? ¿No hablarás con la gendarmería? ¿Lo tienes claro?

Y se dirigió hacia la puerta.

—Buenas noches, Malik.

En el momento en que cruzaba el vestíbulo, cambió de opinión; volvió sobre sus pasos y le lanzó, con el rostro ceñudo y mirándolo fijamente:

—Mira, creo que lo que acabaré averiguando es tan sucio, tan feo, que, créeme, por momentos, me planteo dejarlo...

Salió sin volverse ni una vez, dio un portazo y se dirigió hacia la verja, que estaba cerrada. La situación era ridícula: encontrarse así en el jardín de la finca sin que nadie pudiese ayudarle.

Seguía habiendo luz en el despacho; pero Malik no se molestaría en abrirle la verja a su enemigo.

¿Escalar el muro del fondo del jardín? Estando solo, Maigret no confiaba en su agilidad. ¿Buscar el sendero que

le permitiría pasar al jardín de los Amorelle, cuya verja quizá no estaría cerrada con llave?

Se encogió de hombros y se dirigió hacia la casa del jardinero, a cuya puerta llamó con unos golpes suaves.

—¿Quién es? —dijo desde el interior una voz ador-
milada.

—Un amigo del señor Malik. Necesitaría que me abrie-
se la verja.

Oyó cómo el viejo criado se ponía el pantalón y buscaba los zuecos. La puerta se entreabrió.

—¿Por qué está usted en el jardín? ¿Y los perros?

—Me parece que están durmiendo —murmuró Maigret—. A menos que hayan muerto.

—¿Y el señor Malik?

—Está en su despacho.

—Pero él tiene una llave de la verja.

—Seguramente. Pero está tan preocupado que no ha pensado en ello.

El jardinero le precedió, refunfuñando y volviéndose de
vez en cuando para echar una mirada recelosa a aquel visitante nocturno. Cuando Maigret apretó el paso, el hombre
se sobresaltó como si temiera ser atacado por la espalda.

—Gracias, buen hombre.

Volvió a L'Ange sin más contratiempos. Tuvo que lanzar piedrecitas contra los cristales de la ventana de Raymonde, para que se despertase y le abriera la puerta.

—¿Qué hora es? Creía que esta noche ya no volvería.
Hace un rato oí que corrían por el sendero. ¿No era usted?

Se sirvió de beber él mismo y se fue a dormir. A las ocho
de la mañana, recién afeitado, con la maleta en la mano,

cogió el tren a París. A las nueve y media, después de haber tomado su café con cruasán en un pequeño bar, entró en el Quai des Orfèvres.

Lucas estaba reunido con su jefe, en el despacho de este. Maigret se instaló en su antiguo sitio, cerca de la ventana abierta; un remolcador de Amorelle et Campois pasaba en ese momento por el Sena, tocando un par de veces la sirena antes de adentrarse bajo el puente de la Cité.

A las diez entró Lucas, con unos papeles en la mano, que puso sobre una esquina de la mesa.

—¿Ha vuelto, jefe? Lo creía de nuevo en Orsenne.

—¿No ha habido ninguna llamada para mí esta mañana?

—Todavía no. ¿Espera una llamada?

—Habría que avisar a la centralita. Que me pasen enseguida la llamada o, si no estoy, que cojan el mensaje.

No quería que Lucas advirtiera que estaba nervioso, pero llenaba su pipa con excesiva frecuencia.

—Sigue con tu trabajo como si yo no estuviera.

—Nada importante esta mañana. Un navajazo en la calle Delambre.

La rutina diaria, algo que Maigret conocía muy bien. Se había quitado la chaqueta, como en otro tiempo, cuando aún trabajaba allí. Entró en los otros despachos, estrechó las manos de sus antiguos colegas, escuchó parte de un interrogatorio y también de una conversación telefónica.

—No os molestéis, muchachos.

A las once y media bajó a tomar una cerveza con Torrence.

—Por cierto, me gustaría que investigaras una cosa. Se trata de nuevo de Ernest Malik. Me gustaría saber si le gusta el juego. O si le gustaba antes, cuando era joven. Tiene que haber alguien que lo haya conocido hace veinte o veinticinco años.

—Se lo encontraré, jefe.

A las doce y media aún no había recibido ninguna noticia, y Maigret se iba encorvando y su paso era más vacilante.

—¡Me parece que he hecho el imbécil! —le dijo a Lucas, que estaba despachando los asuntos corrientes.

Cada vez que sonaba el teléfono lo cogía él mismo. Por fin, unos minutos antes de la una, alguien dijo su nombre.

—Aquí Maigret... ¿Dónde estás...? ¿Y él...?

—En Ivry, jefe. Hablo deprisa, porque temo que aproveche para escaparse de nuevo. No sé el nombre de la calle. No he tenido tiempo de verlo. Es un pequeño hotel. El edificio tiene tres pisos y la planta baja está pintada de marrón. Se llama À ma Bourgogne. Enfrente, hay una fábrica de gas.

—¿Qué hace?

—No lo sé. Creo que está durmiendo. Vuelvo a la habitación, es lo más prudente.

Maigret se plantó ante un plano de París y de los barrios periféricos.

—Lucas, ¿conoces alguna fábrica de gas en Ivry?

—Me parece que sí, un poco más allá de la estación.

Unos minutos más tarde, Maigret, instalado en un taxi descubierto, se dirigía hacia las humaredas de Ivry. Durante un buen rato, anduvo por las calles que rodeaban, en efecto, una fábrica de gas y finalmente encontró un hotel de aspecto miserable, cuya planta baja estaba pintada de marrón.

—¿Le espero? —preguntó el chófer.

—Me parece que será lo mejor.

Maigret entró en el restaurante, donde los obreros, casi todos extranjeros, comían en las mesas de mármol. Un fuerte olor a estofado y a vino tinto rancio le impedía casi respirar. Una muchacha de complexión robusta, vestida de negro y blanco, se deslizaba entre las mesas llevando cantidades sorprendentes de pequeños platos de loza grisácea.

—¿Está buscando al tipo que ha estado hablando hace un momento por teléfono...? Ha dicho que suba usted al tercero. Puede pasar por aquí.

Un pasillo estrecho, con pintadas en las paredes. La escalera era sombría, iluminada únicamente por un tragaluz en el segundo piso. Cuando subía hacia el tercer piso, Maigret vio unos pies y luego un par de piernas.

Era Mimile, que estaba sentado en el último escalón de la escalera, con un cigarrillo apagado en la boca.

—Lo primero, deme fuego, jefe. No he tenido ni tiempo de pedir cerillas cuando bajé para llamarlo. No he podido fumar desde ayer por la tarde.

Había un destello, alegre y socarrón a la vez, en sus ojos claros.

—¿Le hago un sitio para que pueda sentarse?

—¿Dónde está?

En el pasillo se veían cuatro puertas del mismo marrón siniestro de la fachada. Tenían los números torpemente pintados: 21, 22, 23, 24.

—Está en la veintiuno. Yo tengo la veintidós. ¡Es divertido! Ni que lo hubiéramos hecho a propósito... ¡Veintidós! ¡La pareja de guardias!

Aspiraba ávidamente el humo, se levantaba, se estiraba.

—Si quiere entrar en mi celda... Pero le aviso que huele bastante mal y que el techo es muy bajo. Mientras estuve solo, preferí bloquear la ruta de escape, ya me entiende.

—¿Y cómo te las has apañado para ir a llamar?

—Precisamente... He estado esperando toda la mañana la ocasión. Hace mucho tiempo que estamos aquí... Desde las seis de la mañana...

Abrió la puerta de la 22 y Maigret vio una cama de hierro, pintada de negro y cubierta con una colcha de mala calidad, de un tono rojizo, una silla con el asiento de paja y una palangana sin jarra, sobre un velador. Las habitaciones del tercer piso eran buhardillas, por lo que había que agacharse en gran parte de la estancia.

—No nos quedemos aquí, pues es vivo como una anguila. Ya ha intentado escaparse dos veces esta mañana. Por un momento pensé que sería capaz de huir por el tejado, pero lo he comprobado y es imposible.

Enfrente, se veían los patios negros como el carbón de la fábrica de gas. Mimile tenía ese aire abotargado de la gente que no ha dormido y que no se ha lavado.

—En la escalera es donde se está mejor y donde el olor es menos fuerte. Aquí apesta a carne podrida, ¿no le parece? Como a olor de vendaje mugriento.

Georges-Henry dormía o fingía dormir, pues, cuando pegaban el oído a la puerta, no se oía ningún ruido en la habitación. Los dos hombres permanecieron en la escalera y Mimile, fumando cigarrillo tras cigarrillo para recordar, explicó:

—Primero, ¿cómo he podido llamarlo a usted? Yo no quería dejar la vigilancia. Y, por otra parte, era necesario que lo avisase, como habíamos convenido. En un momento dado, a las nueve más o menos, bajó una mujer, la de la veinticuatro. Pensé en pedirle que lo llamase o bien que llevara un mensaje al Quai des Orfèvres. Pero no era prudente hablar de la policía en un sitio como este, y me arriesgaba a que me dieran un navajazo.

»"Mejor será esperar otra ocasión" me dije. "No es el mejor momento para armar jaleo".

»Cuando vi al tipo de la veintitrés que salía a su vez de su habitación, supe que era polaco. Y yo sé algo de polaco. Lo chapurreo bastante bien.

»Hablé con él y se puso muy contento al poder hablar con alguien en su lengua.

»Le conté una historia sobre una chica, que estaba en la habitación y que quería dejarme. Total, que accedió a quedarse de guardia durante los minutos que tardé en bajar para llamarlo a usted.

—¿Estás seguro de que el chico sigue ahí?

Mimile le dirigió un gesto de complicidad; sacó del bolsillo unos alicates, con los que cogió la punta de la llave que estaba puesta por dentro de la habitación, pero cuyo extremo sobresalía.

Hizo señas a Maigret de que se acercara en silencio, y con movimientos increíblemente suaves giró la llave y entreabrió la puerta.

El comisario se asomó a la habitación, parecida a la otra y cuya ventana estaba abierta, y vio al muchacho vestido, tumbado de través en la cama.

No había duda de que estaba durmiendo. Dormía como se duerme a su edad: con los músculos distendidos y la boca entreabierta en un gesto infantil. No se había descalzado, y uno de los pies colgaba de la cama.

Con las mismas precauciones, Mimile cerró la puerta.

—Ahora le contaré cómo pasó todo. Fue una magnífica idea la que tuvo usted de que llevara mi bicicleta. Y aún más inteligente la que yo tuve al decidir esconderla cerca del paso a nivel.

»Recordará usted que salió corriendo como un rayo. Igual que un conejo. Daba rodeos por el jardín y se metía entre los matorrales con la esperanza de que lo perdiera de vista.

»En un momento dado, tras haber saltado los dos una valla, lo perdí de vista. Me di cuenta, por el ruido, que se dirigía hacia una casa. No exactamente hacia la casa, sino hacia una especie de cobertizo del que le vi sacar una bicicleta.

—La mansión de su abuela —precisó Maigret—. La bicicleta debía de ser de mujer, la de su prima Monita.

—Sí, una bicicleta de mujer. Saltó encima de ella, pero no podía ir muy deprisa por los senderos, así que pude seguirle sin problemas. No me atrevía todavía a hablarle, porque no sabía qué había pasado entre usted y el padre del chico.

—Malik intentó dispararte por la espalda.

—Me lo temía. Es curioso, pero tuve ese presentimiento, hasta tal punto que, en un momento dado, me quedé quieto, quizá menos de un segundo, como si esperara el disparo. Total, seguimos avanzando en la oscuridad, por lo que tuvo que bajarse de la bicicleta y la llevó con la mano. Pasó con ella por encima de un seto. Íbamos por una pequeña senda que descendía hacia el Sena y allí tampoco podía rodar deprisa. Pero en el camino de sirga fue diferente, y lo perdí de vista un buen trecho, aunque volví a alcanzarlo hacia la estación de tren, gracias a la cuesta que hay.

»Debía de sentirse muy tranquilo, porque no podía saber que yo tenía aparcada mi bicicleta aparcada un poco más adelante.

»¡Pobre chico! Le daba a los pedales con todas sus fuerzas. Estaba convencido de que podría escaparse, ¿no cree?

»¡Ah!, seguro que sí. Entonces cogí mi bicicleta al pasar, le di fuerte a los pedales y, cuando él menos se lo esperaba, ya estaba a su lado rodando como si nada. "No tengas miedo, chico", le dije.

»Quería tranquilizarlo. Él estaba como loco. Pedaleaba cada vez más deprisa, casi sin aliento.

»"Ya te he dicho que no tengas miedo... Conoces al comisario Maigret, ¿verdad? No pretende hacerte daño, sino todo lo contrario".

»De vez en cuando, se volvía hacia mí y me decía rabioso: "¡Déjeme!". Luego, conteniendo los sollozos: "De todas maneras, no diré nada".

»Me daba lástima, se lo aseguro. Es un trabajo desagradable el que me ha pedido usted. Y encima, en una bajada, no sé dónde, ya en la carretera general, se distrajo y se dio un batacazo contra el suelo tan fuerte que oí el golpe de su cabeza.

»Entonces dejé la bicicleta a un lado. Quise ayudarlo a levantarse, pero, cuando llegué hasta él, ya estaba en el sillín, como loco, aún más rabioso que antes. "Para, chico. Seguro que te has hecho daño. No te pasará nada porque hablemos un rato, ¿verdad? No soy tu enemigo, puedes estar seguro".

»Al cabo de un rato me pregunté que estaría haciendo, inclinado sobre el manillar, con una mano que no podía ver. Entonces salió la luna y había cierta claridad.

»Lo seguí más de cerca. Estaba a menos de un metro de él, cuando hizo un movimiento. Me agaché. ¡Afortunadamente! El muy granuja acababa de lanzarme a la cabeza, con una puntería increíble, una llave inglesa que había sacado de una bolsa. Me pasó a menos de un dedo de la frente.

»Entonces, sí que le entró miedo. Supongo que pensó que yo tomaría represalias contra él. Pero seguí hablando. Estaría bien poder recordar todo lo que le dije esa noche. "Ya te has dado cuenta de que no conseguirás escapar de mí, ¿verdad? Estas son mis instrucciones. Así que, vayas donde vayas, me encontrarás siempre detrás de ti... Órdenes del comisario. Cuando él esté aquí, ya no será asunto mío".

»En un cruce debió de equivocarse de camino, pues nos alejamos de París; y, después de haber atravesado no sé cuántos pueblos, todos blancos debido a la luz de la luna, fuimos a dar a la carretera de Orleans. ¡Puede imaginarse todo el trayecto que recorrimos desde la carretera de Fontainebleau!

»Al final, debido al esfuerzo, acabó rodando despacio; pero evitaba hablar conmigo e incluso volverse hacia mí.

»Luego amaneció y ya estábamos en las afueras de París. De nuevo, me puso en un aprieto, porque se le ocurrió meterse por todas las callejuelas con que nos topábamos, con el fin de escabullirse.

»Debía de estar muerto de cansancio... Se le veía muy pálido, con los párpados enrojecidos. Se mantenía en el sillín por pura inercia. "Deberíamos irnos a dormir, chico. Acabarás por enfermar".

»Entonces me habló. Debió de hacerlo maquinalmente, sin darse cuenta. Sí, estoy seguro de que estaba tan agotado que no sabía lo que hacía. Ya sabe cómo es la llegada tras una carrera a campo traviesa, cuando, una vez en la meta, el corredor tiene que mantener el tipo y mira a cámara con ojos aturdidos. "No tengo dinero", me dijo. "Eso no importa. Yo tengo. Iremos adonde tú quieras, pero necesitas descansar".

»Ya nos encontrábamos en este barrio. No creí que me obedecería tan deprisa. Vio la palabra "hotel" encima de la puerta, que estaba abierta. En ese momento salían algunos obreros.

»Bajó de la bicicleta y apenas podía andar, de lo cansado que estaba. Si la tasca hubiera estado abierta, le habría ofrecido algo para beber, pero no sé si habría aceptado.

»Es orgulloso, ¿sabe? Es un muchacho extraño. No sé qué se le ha metido en la cabeza, pero nadie lo hará cambiar de opinión, y usted lo tendrá difícil con él.

»Dejamos las bicicletas bajo la escalera. Si no las han robado, allí deben de estar todavía.

»Subió delante de mí. En el primer piso se lo veía como perdido, porque no había nadie por allí. "¡Patrón!", grité.

Pero no fue un patrón, sino una patrona la que apareció. De complexión más robusta que un hombre y nada agradable. "¿Qué quieren?". Nos miraba como si pensase en cosas feas. "Queremos dos habitaciones. A ser posible, una al lado de la otra".

»Finalmente nos dio dos llaves, la de la veintiuno y la veintidós. Y eso es todo, jefe.

»Ahora, si no le molesta quedarse aquí un rato, me gustaría ir a tomarme un vaso o dos, y quizá también comer algo. Me he pasado toda la mañana con ese olor de la cocina metido en las narices...

—Ábreme la puerta —le dijo Maigret a Mimile, cuando este regresó, oliendo a aguardiente.

—¿Quiere despertarlo? —protestó el otro, que empezaba a considerar al muchacho su protegido—. Haría mejor en dejarlo dormir hasta que se despierte.

Maigret le hizo un gesto tranquilizador. Entró en silencio en la habitación. Se dirigió de puntillas hasta el tragaluz y se asomó. Vio cómo llenaban los hornos de la fábrica de gas, cuyas llamas eran anaranjadas bajo el sol; se adivinaba el sudor en el torso de los hombres medio desnudos, que se secaban la frente con sus brazos ennegrecidos.

La espera fue larga. El comisario tuvo tiempo para pensar. De vez en cuando se volvía hacia el muchacho, cuyo sueño ya no era tan profundo, porque se notaba agitado, en ese sueño que precede al despertar. A veces, fruncía el ceño. Entonces entreabría la boca, como si quisiera decir algo. Sin duda, en su sueño, hablaba con alguien. Su expresión era arisca. Decía «no» con todas las fuerzas de su ser.

Luego se acentuaba el gesto y parecía que iba a echarse a llorar. Pero no lloró. Se dio la vuelta en la cama y el somier crujió. Ahuyentó de un manotazo a una mosca que tenía en la nariz. Se le agitaron los párpados, sorprendidos de que les diera el sol.

Por fin abrió sus grandes ojos y se quedó mirando fijamente el techo abuhardillado, expresando una sorpresa ingenua. Luego fijó la mirada en la ancha figura del comisario, que veía a contraluz.

Entonces se despertó del todo. En vez de alterarse, se quedó inmóvil, expresando así una firme voluntad, parecida a la de su padre, que le endurecía las facciones.

—De todas formas no diré nada —dijo.

—No le estoy pidiendo que me diga algo —replicó Maigret con un tono algo brusco—. Además, ¿qué podría decirme?

—¿Por qué han estado persiguiéndome? ¿Qué hace usted en mi habitación? ¿Dónde está mi padre?

—Se quedó en la casa.

—¿Está seguro?

Se diría que no se atrevía a moverse, por temor a atraer sobre él algún peligro desconocido. Seguía tumbado boca arriba, en tensión y con los ojos desmesuradamente abiertos.

—No tiene ningún derecho a perseguirme así. Soy libre. No he hecho nada.

—¿Prefiere entonces que lo lleve a casa de su padre?

Sus ojos grises expresaron terror.

—Sin embargo, eso haría la policía si estuviera usted en sus manos. No es mayor de edad; no es más que un muchacho.

Se enderezó bruscamente, como si se encontrara a punto de sufrir un ataque de nervios.

—Pero ¡yo no quiero...! ¡No quiero! —gritó.

Maigret oía a Mimile, que recorría de un lado a otro el descansillo. Debía de pensar que el comisario se comportaba con el chico de forma cruel.

—Quiero que me dejen tranquilo. Quiero...

El comisario sorprendió la mirada desesperada que el muchacho lanzó al tragaluz y comprendió. Si Maigret no hubiera estado ante la ventana, Georges-Henry habría sido capaz de lanzarse al vacío.

—¿Como su prima? —le dijo lentamente.

—¿Quién le ha dicho que mi prima...?

—Escuche, Georges-Henry.

—No...

—Debe usted escucharme. Sé cuál es su situación.

—No es verdad.

—¿Quiere que sea más preciso?

—Se lo prohíbo, ¿me oye?

—¡Chis...! No puede usted volver a casa de su padre, y además tampoco quiere hacerlo.

—No volveré allí jamás.

—Por otra parte, está usted tan angustiado que es capaz de hacer cualquier tontería.

—A nadie le importa más que a mí.

—No. También usted le importa a otras personas.

—Nadie se interesa por mí.

—Aun así, durante algunos días, tendremos que velar por usted.

El muchacho hizo una mueca dolorosa.

—Y eso es lo que haré —concluyó Maigret, encendiendo tranquilamente la pipa—. Por las buenas o por las malas... Eso dependerá de usted.

—¿Adónde quiere llevarme?

Era evidente que estaba pensando de nuevo en la posibilidad de escaparse.

—Todavía no lo sé. Admito que el asunto es delicado; pero tampoco puede usted quedarse en este tugurio.

—Esto es mejor que un sótano.

¡Vaya! Parece que se hallaba algo más tranquilo, puesto que se permitía ironizar sobre su propia suerte.

—Para empezar, vamos a comer algo. ¿Tiene hambre? Pero si...

—No pienso comer.

¡Se comportaba como un verdadero chiquillo!

—Pero yo sí comeré. Tengo un hambre canina —afirmó Maigret—. Y se portará usted bien. El amigo al que ya conoce y que lo ha seguido hasta aquí es más ágil que yo y no dejará de vigilarle, ¿lo entiende, Georges-Henry? Un baño no le habría venido mal; pero me parece que este no es el lugar adecuado para eso. Lávese la cara al menos.

Obedeció con gesto mohíno. Maigret abrió la puerta.

—Entra, Mimile. Supongo que el taxi seguirá esperando abajo. Vamos a almorzar los tres en cualquier sitio, en un restaurante tranquilo. O más bien los dos, puesto que tú ya has comido.

—No se preocupe, puedo volver a comer.

Se veía que Georges-Henry seguía con la intención de escaparse, ya que una vez abajo fue él quien dijo:

—¿Y las bicicletas?

—Ya volveremos a buscarlas o enviaremos a alguien a por ellas.

Le dieron las señas al chófer:

—Cervecería Dauphine.

Eran casi las tres de la tarde cuando se sentaron a la mesa, en la fresca sombra de la cervecería, donde les sirvieron un montón de entremeses.

7

El polluelo de la señora Maigret

—¡Hola...! ¿Eres tú, señora Maigret? ¿Cómo? ¿Que dónde estoy?

Estas palabras le recordaban los tiempos de la policía judicial, cuando el comisario estaba cuatro o cinco días sin aparecer por su casa, a veces incluso sin dar noticias de su paradero y llamando, por fin, desde los lugares más inesperados.

—En París, simplemente. Y te necesito. Tienes media hora para arreglarte. Ya lo sé... Imposible... No importa... Dentro de media hora cogerás el coche de Joseph... O, más bien, será Joseph quien irá a recogerte. ¿Cómo...? ¿Que si necesita el coche...? No te preocupes, ya lo he llamado. Te llevará a Aubrais, y a las seis bajarás en la estación de Orsay. Y diez minutos más tarde un taxi te dejará en la plaza des Vosges.

Era su antiguo piso parisiense, que habían conservado. Sin esperar la llegada de su mujer, Maigret condujo hasta allí a Georges-Henry y a Mimile. Había papeles grises pegados en las ventanas, fundas y periódicos sobre todos los muebles, polvos insecticidas sobre las alfombras.

—Tenéis que echarme una mano, muchachos...

Georges-Henry no había bajado la guardia durante la comida. No había dicho ni una sola palabra y había seguido lanzándole miradas furibundas a Maigret. Pero, al menos, había comido con buen apetito.

—Me considero todavía un prisionero —dijo, una vez en la habitación—, y le advierto que me escaparé en cuanto tenga ocasión. No tiene ningún derecho a retenerme aquí.

—¡De acuerdo! Pero, mientras tanto, échanos una mano, por favor.

Y Georges-Henry se puso a trabajar como los otros dos, doblando papeles, retirando fundas, pasando, por último, el aspirador eléctrico. Acababan de terminar y el comisario estaba echando armañac en tres copitas muy bonitas, que no habían querido llevarse al campo por temor a romperlas, cuando se presentó la señora Maigret.

—¿Es para mí para quien preparas el baño? —dijo extrañada al oír correr el agua en la bañera.

—No, querida. Es para este joven, un muchacho encantador, que se quedará un tiempo aquí contigo. Se llama Georges-Henry. Ha prometido escaparse en la primera ocasión que tenga; pero cuento con Mimile, al que te presento, y contigo para impedir que salga de aquí. ¿No cree que ya ha hecho la digestión, Georges-Henry? Entonces, pase al cuarto de baño.

—¿Te vas...? ¿Volverás para cenar...? ¡No lo sabes, como siempre! Y aquí no hay nada de comer —exclamó la señora Maigret.

—Puedes hacer la compra mientras Mimile se encarga del chico.

Le dijo algo en voz baja y ella miró con una repentina dulzura la puerta del cuarto de baño.

—¡Bueno! Lo intentaré. ¿Qué edad tiene? ¿Diecisiete años?

Media hora más tarde Maigret volvía a encontrarse en la atmósfera familiar de la policía judicial. Preguntó por Torrence.

—Ya ha vuelto, jefe. Debe de estar en su despacho, a menos que haya bajado a tomarse una cerveza. Ha dejado una nota para usted en su antiguo despacho.

Se trataba de una llamada telefónica recibida hacia las tres:

> ¿Podría decirle al comisario Maigret que el lunes de la semana pasada Bernadette Amorelle hizo llamar a su notario para redactar un nuevo testamento? Se trata del señor Ballu, que debe de vivir en París.

La telefonista no sabía a ciencia cierta de dónde provenía la llamada. Había oído solamente que un empleado decía: «¡Hola! ¡Corbeil! Le paso con París».

Por tanto, seguramente provenía de Orsenne o de sus alrededores.

—Era una voz de mujer. Tal vez me equivoque, pero creo que se trataba de alguien que no tiene costumbre de llamar por teléfono.

—Pregunte a la central de Corbeil de dónde han llamado.

Maigret entró en el despacho de Torrence, que estaba ocupado redactando un informe.

—He investigado como me pidió, jefe. He investigado una docena de lugares que pudieran relacionarse con Ernest

Malik; pero solo he encontrado dos: el Haussmann y el Sporting. Malik sigue yendo de vez en cuando, pero con menos frecuencia que antes. Parece ser que es un jugador de póquer de los buenos. No le interesa el bacarrá. Póquer y écarté. ¡Pocas veces pierde! En el Sporting tuve la suerte de encontrar a un antiguo inspector de juegos, que lo conoció hace unos treinta años.

»Incluso cuando era estudiante, Malik era ya uno de los mejores jugadores de póquer del Barrio Latino. El antiguo inspector, que era camarero en el café La Source por aquella época, afirma que se ganaba la vida jugando a las cartas.

»Se fijaba como límite una cantidad para apostar, que nunca sobrepasaba. Cuando había ganado lo que él pretendía, tenía la suficiente sangre fría para retirarse, lo que era mal visto entre sus compañeros.

—¿No conocerás a un notario llamado Ballu?

—Me parece haber oído alguna vez ese nombre. ¡Espere! Hojeó un anuario.

—Batin... Babert... Bailly... Ballu... Quai Voltaire, setenta y cinco. ¡Está ahí enfrente!

Resultaba extraño que ese asunto del notario inquietase al antiguo comisario. Le molestaba que perturbasen así su investigación aportando de pronto nuevos indicios, y a punto estuvo de pasarlo por alto.

En la centralita le dijeron que la llamada provenía de la cabina de teléfono de Seine-Port, a cinco kilómetros de Orsenne. Cuando le preguntaron a la empleada de Seine-Port, esta respondió que se trataba de una mujer de veinticinco a treinta años, a la que no conocía.

—No me he fijado mucho en ella, porque era la hora de la recogida de las sacas postales. ¿Cómo? Parecía ser alguien humilde... ¡Sí! Quizás una criada.

¿Habría sido capaz Malik de pedirle a una de sus criadas que llamase?

Maigret se dirigió a la casa del señor Ballu, cuyo bufete estaba cerrado, pero que accedió a recibirlo. Era un anciano, casi tan viejo como la misma Bernadette Amorelle. Sus labios estaban amarillentos por la nicotina, hablaba con una vocecita cascada y usaba una trompetilla acústica de concha para poder oír a Maigret.

—¡Amorelle! Sí, la conozco. Es una vieja amiga, en efecto. Desde... Espere... Fue antes de la Exposición de mil novecientos, cuando su marido vino a verme para un asunto relacionado con unos terrenos. ¡Un hombre curioso! Recuerdo que le pregunté si era pariente de los Amorelle de Ginebra, una antigua familia protestante que...

Le dijo que, en efecto, había ido a Orsenne el lunes anterior. Sí, sí; Bernadette Amorelle había redactado un nuevo testamento. Naturalmente, no podía revelar nada sobre dicho testamento. Allí estaba, en su caja fuerte de modelo antiguo.

¿Que si había hecho otros testamentos anteriores? Quizá diez, quizá más. Sí, su vieja amiga tenía fijación con los testamentos; al fin y al cabo una manía inocente, ¿verdad?

¿Se hablaba de Monita Malik en ese nuevo testamento? El notario lo lamentaba, pero no podía decirle nada al respecto. ¡Secreto profesional!

—Camina bien recta y tiene buena vista, ¿eh? Estoy seguro de que este no será su último testamento y que tendré el placer de volver a visitarla.

Así pues, Monita había muerto veinticuatro horas después de aquella visita del notario a Orsenne. ¿Existía alguna relación entre los dos acontecimientos?

¿Por qué diablos alguien se había molestado en darle esa nueva pista a Maigret?

Se paseó por los muelles de camino a su casa para cenar en compañía de su mujer, de Georges-Henry y de Mimile. Desde el puente de la Cité vio un remolcador que subía por el Sena, con sus cinco o seis chalanas. Un remolcador de Amorelle et Campois... Al mismo tiempo pasaba un gran taxi amarillo, último modelo, casi nuevo, y esos detalles sin importancia influyeron sin duda en su decisión.

No se lo pensó : levantó el brazo y el taxi se paró al borde de la acera.

—¿Tiene suficiente gasolina para un trayecto largo?

Quizá si el depósito del coche no hubiera estado lleno...

—Carretera de Fontainebleau. Después de Corbeil, ya le indicaré.

No había cenado, pero había comido muy tarde. Mandó parar al taxista en un estanco para comprar picadura y cerillas.

El tiempo era cálido; el taxi, descubierto. Se había sentado al lado del taxista, quizá con la intención de entablar conversación. Pero apenas si abrió la boca.

—Ahora a la izquierda.

—¿Va a Orsenne?

—¿Lo conoce?

—Hace algunos años llevé a unos clientes a L'Ange.

—Nosotros vamos más lejos. Continúe por el camino de sirga. No es esta mansión, ni la siguiente. Siga más adelante.

Había que tomar un pequeño camino a la derecha para llegar a la casa de Campois, una casa que no se veía desde fuera, pues estaba completamente rodeada de muros y, en vez de verja, tenía una puerta maciza pintada de un verde pálido.

—¡Espéreme aquí!

—¡No tengo prisa! Acababa de cenar cuando me ha parado usted.

Maigret tiró de la campanilla y en el jardín se oyó un agradable carillón que recordaba al campanario de una iglesia. Dos antiguos bolardos flanqueaban el portón, pero había una pequeña puerta en uno de los soportes.

—No parece que vayan a abrir —señaló el taxista.

No era tarde: un poco más de las ocho. Maigret llamó de nuevo y esta vez se oyeron pasos en la arena, que se acercaban; una vieja criada, con un delantal azul, giró una pesada llave en la cerradura y entreabrió apenas la puerta, lanzando a Maigret una mirada recelosa.

—¿Qué desea?

El comisario entrevió un jardín tupido, lleno de flores sencillas, con rincones inesperados y malas hierbas, que le hizo pensar en un jardín de cura.

—Desearía hablar con el señor Campois.

—Ha salido.

La mujer se dispuso a cerrar la puerta, pero él había adelantado un pie para impedirlo.

—¿Podría decirme dónde puedo encontrarlo?

Tal vez ella sabía quién era él, por haberlo visto deambular por Orsenne.

—Seguramente no lo encontrará. El señor Campois está de viaje.

—¿Por mucho tiempo?

—Por lo menos seis semanas.

—Perdone si insisto, pero se trata de un asunto de enorme importancia. ¿Podría escribirle?

—Puede escribirle si quiere, pero dudo que reciba sus cartas antes de su vuelta. El señor va a hacer un crucero por Noruega, a bordo del Stella-Polaris.

Precisamente en ese momento Maigret oyó en el jardín, detrás de la casa, el ruido de un motor que intentaban poner en marcha y que no arrancaba.

—¿Está segura de que se ha ido ya?

—Ya le he dicho que...

—¿Y su nieto?

—Se lleva con él al señor Jean.

Maigret empujó la puerta, no sin esfuerzo, pues la cocinera la sujetaba vigorosamente.

—¿Qué hace usted? ¡Vaya unas maneras!

—Ocurre que el señor Campois no se ha ido todavía.

—Eso es cosa suya. No quiere ver a nadie.

—Sin embargo, me recibirá.

—¿Quiere irse de aquí, pedazo de grosero?

Se liberó por fin de la cocinera, que cerró prudentemente la puerta tras él. Maigret atravesó el jardín y se encontró ante una casa pintada de color rosa, sencilla, con rosales que trepaban hacia las ventanas de persianas verdes.

Levantó la cabeza y se fijó en una ventana abierta, desde donde un hombre lo miraba con expresión de espanto.

Era el señor Campois, el socio del difunto Amorelle.

En el amplio vestíbulo, impregnado de frescura y de un agradable olor de frutos maduros, había maletas; allí se reunió con él la vieja criada.

—Ya que el señor le ha dicho que puede pasar... —masculló esta.

Y abrió a regañadientes la puerta de un salón que parecía un locutorio. En un rincón, cerca de una ventana con las persianas medio bajadas, había una de esas viejas mesas negras que recordaban a las casas de comercio de otros tiempos, con ficheros verdes y sus empleados encaramados en taburetes, con un cojín de cuero bajo las nalgas y una visera en la cabeza.

—Tendrá que esperar. Y tanto peor si pierde el barco.

Las paredes estaban recubiertas de un papel pintado, descolorido ya, y sobre ese mismo papel se veían fotografías con sus marcos negros y dorados. Estaba la inevitable foto de bodas, con un Campois ya algo rechoncho, con el pelo cortado a cepillo, y apoyada sobre su hombro una cabeza de mujer, de gruesos labios y una dulce mirada de cordero.

A la derecha, había otra foto enmarcada en la que aparecía un joven de unos veinte años, con un rostro más alargado que el de sus padres, de ojos dulces también, en una actitud que denotaba timidez. Y, en esa misma foto, un lazo de crespón.

Maigret estaba acercándose a un piano, lleno de fotografías, cuando se abrió la puerta. Campois estaba en pie en el vano de la puerta. A Maigret le pareció más pequeño y avejentado que cuando lo vio por primera vez.

Era ya un hombre mayor, a pesar de sus anchas espaldas y de su robustez de campesino.

—Sé quién es usted —dijo sin preámbulos—. He aceptado recibirle; pero no tengo nada que decirle. Dentro de unos minutos, salgo para un largo viaje.

—¿Dónde embarca usted, señor Campois?

—En El Havre, que es desde donde parte el crucero.

—¿Tomará sin duda el tren de las diez y veintidós en París? Llegará usted a tiempo.

—Le pido perdón, pero no he terminado de hacer mi equipaje. Además, aún no he cenado. Y le repito que no tengo absolutamente nada que decirle.

¿De qué tenía miedo? Porque era evidente que tenía miedo. Iba vestido de negro, con una corbata también negra de clip, y la blancura de su piel contrastaba intensamente con el claroscuro de la habitación. Había dejado la puerta abierta, para dar a entender que el encuentro sería breve, y no invitó a su visitante a sentarse.

—¿Ha hecho muchos cruceros de este tipo?

—Este es...

¿Estaba dispuesto a mentir? Desde luego, se veía que deseaba hacerlo. Daba la sensación de que necesitaba a alguien que le apuntara lo que debía decir. Su antigua honestidad lo venció. No sabía mentir.

—Esta es la primera vez —confesó.

—¿Y tiene setenta y cinco años?

—¡Setenta y siete!

¡Vamos! Era mejor jugarse el todo por el todo. El pobre hombre carecía de valor para seguir defendiéndose durante mucho tiempo y su mirada medrosa demostraba que estaba vencido desde el principio, y quizá también resignado al fracaso.

—Estoy seguro, señor Campois, de que hace tres días no había pensado siquiera en ese viaje. Incluso juraría que le da un poco de miedo. ¡Los fiordos de Noruega, a su edad...!

Como si se tratase de una lección aprendida, Campois balbució:

—Siempre he deseado visitar Noruega.

—Pero ¡no pensaba hacerlo este mes! Alguien se ha molestado en decidirlo por usted, ¿verdad?

—No sé qué quiere decir con eso. Mi nieto y yo...

—Su nieto ha debido de extrañarse tanto como usted. Por ahora, poco importa quién haya organizado para usted este crucero. Por cierto, ¿sabe dónde se han comprado los billetes?

No sabía nada. Su mirada confusa era prueba de ello. Se le había adjudicado un papel que debía representar. Lo repetía de forma concienzuda. Pero no habían previsto ciertos acontecimientos, como había sido la intromisión inesperada de Maigret; y el pobre hombre no sabía a qué santo encomendarse.

—Escuche, señor comisario: le repito que no tengo nada que decirle. Estoy en mi casa. Dentro de un momento me voy de viaje. De modo que estoy en mi derecho de pedirle que me deje tranquilo.

—He venido a hablarle de su hijo.

Como Maigret había previsto, el viejo Campois se turbó, se puso pálido y lanzó al retrato de su hijo una mirada angustiada.

—No tengo nada que decirle —repitió, aferrándose a esa frase que ya no significaba nada.

Maigret prestó atención, pues había oído un ligero ruido en el pasillo. Campois debía de haberlo oído también, ya que se dirigió hacia la puerta y dijo:

—Déjenos, Eugénie. Ya pueden cargar el equipaje en el coche. Voy enseguida.

Esta vez cerró la puerta y fue a sentarse maquinalmente en su sitio, ante su mesa, que debía de haberlo acompañado durante su larga carrera. Maigret se sentó frente a él, aunque Campois no lo invitase a hacerlo.

—He pensado mucho, señor Campois, en la muerte de su hijo.

—¿Por qué me habla de eso ahora?

—Usted sabe muy bien por qué. La semana pasada, una muchacha, a la que usted conocía, murió de la misma manera que su hijo. Hace un rato he dejado a un joven que ha estado a punto de poner fin a su vida. Por culpa de usted, ¿verdad?

Él protestó en un arrebato:

—¿Por mi culpa?

— ¡Sí, señor Campois! Y eso también lo sabe usted. Tal vez no quiera admitirlo, pero en su interior...

—No tiene derecho a venir a mi casa para decirme cosas tan monstruosas. He sido toda mi vida un hombre honesto.

Pero Maigret no dejó que perdiese el tiempo en protestas.

—¿Dónde conoció Ernest Malik a su hijo?

El anciano se pasó la mano por la frente.

—No lo sé.

—¿Ya vivía usted en Orsenne?

—¡No! En aquella época vivía en París, en la isla de Saint-Louis. Teníamos un gran piso encima de las oficinas, que aún no eran tan importantes como ahora.

—¿Su hijo trabajaba en esas oficinas?

—Sí. Acababa de licenciarse en Derecho.

—¿Los Amorelle ya poseían su mansión en Orsenne?

—Llegaron aquí los primeros, sí. Bernadette era una mujer muy inquieta. Le gustaba recibir. Siempre estaba rodeada de gente joven. Los domingos invitaba a numerosos amigos al campo. Mi hijo también iba.

—¿Estaba enamorado de la mayor de las señoritas Amorelle?

—Estaban prometidos.

—¿Y la señorita Laurence lo quería?

—No sé. Supongo. ¿Por qué me lo pregunta? Después de tantos años...

Le habría gustado escapar de aquella especie de hechizo en que lo tenía aprisionado el comisario. La penumbra invadía cada vez más la habitación, donde los retratos los miraban con sus ojos muertos. El anciano había cogido maquinalmente una pipa de cerezo, de larga boquilla de espuma de mar, que no tenía intención de llenar de tabaco.

—¿Qué edad tenía la señorita Laurence en aquella época?

—No lo sé. Habría que echar la cuenta. Espere...

Murmuraba fechas, despacio, como se reza una oración. Se le fruncía la frente. ¿Quizás esperaba todavía que alguien acudiera en su ayuda?

—¡Debía de tener diecisiete años!

—Su hermana pequeña, la señorita Aimée, tenía, por tanto, apenas quince, ¿verdad?

—Sí, supongo que sí. Lo he olvidado.

—Y su hijo hizo amistad con Ernest Malik, que, si no me equivoco, era entonces secretario personal de un consejero municipal. Y conoció a los Amorelle a través de este consejero. Era un muchacho brillante.

—Quizá...

—¿Se hizo amigo de su hijo, quien influido por Malik cambió de carácter?

—Era un buen muchacho, muy dulce —protestó el padre.

—Que empezó a jugar y a contraer deudas...

—No lo sabía.

—Deudas cada vez más importantes, cada vez más llamativas. Tanto que llegó a un punto de conseguir dinero de forma ilícita.

—Tendría que habérmelo confesado.

—¿Está seguro de que usted lo habría comprendido?

El anciano bajó la cabeza y admitió:

—En aquel momento, tal vez...

—Tal vez no habría aceptado su situación y lo habría echado de casa. Si le hubiera confesado, por ejemplo, que había cogido dinero de la caja de su socio o que había falsificado escrituras, o...

—¡Cállese!

—Prefirió desaparecer. ¿Quizá porque le aconsejaron que desapareciese? Tal vez...

Campois se pasó las manos por la cara, desesperado.

—Pero ¿por qué viene precisamente ahora para decirme todo eso? ¿Qué espera de mí? ¿Cuáles son sus intenciones?

—Admita, señor Campois, que en aquella época pensaba lo mismo que pienso yo en este momento.

—No sé lo que piensa usted... ¡Ni quiero saberlo!

—Tal vez cuando murió su hijo no tuvo usted sospechas, pero unos meses más tarde, cuando Malik se casó con la señorita Amorelle, seguro que empezó usted a desconfiar. Me comprende, ¿verdad?

—No podía hacer nada.

—¡Y, sin embargo, asistió usted a la boda!

—Debía hacerlo. Yo era amigo de Amorelle, su socio. Se había encariñado con Ernest Malik y hacía todo lo que este le decía.

—Así que usted guardó silencio.

—Tenía una hija que aún no se había casado y a la que era necesario casar.

Maigret se levantó con su cuerpo pesado, amenazador, y miró al abatido anciano con unos ojos que despedían una intensa cólera.

—Y durante años usted ha...

La voz que se había elevado bajó de tono, mientras miraba el rostro de aquel anciano, cuyos ojos empezaron a llenarse de lágrimas.

—Pero, en fin —prosiguió Maigret con una especie de angustia—, usted siempre ha sabido qué clase de hombre era ese Malik, ese Malik que mató a su hijo.

»¡Y no ha dicho nada!

»¡Y ha seguido estrechándole la mano!

»¡Y ha comprado esta casa cerca de la suya!

»¡Y, todavía hoy, está dispuesto a hacer lo que le pida!

—¿Qué otra cosa podía hacer?

—Porque lo ha reducido casi a la pobreza. Porque, sabe Dios mediante qué astutas artimañas, ha conseguido despojarlo de la mayoría de sus acciones. Porque usted ya no es nadie, tan solo un nombre en la empresa Amorelle et Campois. Porque... —Y dio un puñetazo sobre la mesa—. Pero

¡maldita sea!, ¿no se da cuenta de que es usted un cobarde y de que, por su culpa, ha muerto Monita, como su hijo, y que un muchacho, Georges-Henry, ha estado a punto de seguir el mismo camino?

—Tengo a mi hija y a mi nieto. ¡Soy viejo!

—Usted aún no era viejo cuando su hijo se suicidó. Pero, para usted, era más importante no perder su dinero, un dinero que finalmente fue incapaz de conservar por culpa de Malik.

Aunque estaban casi completamente a oscuras en la amplia habitación, a ninguno de los dos hombres se le ocurrió encender las lámparas.

Con voz sorda, el anciano, a quien se veía cada vez más atemorizado, preguntó:

—¿Qué hará usted ahora?

—¿Y usted?

Campois se encorvó.

—¿Sigue pensando en subir a ese crucero, que no le apetece? ¿No entiende que quieren alejarlo de aquí enseguida, igual que se suele hacerse con los débiles en los momentos más dramáticos? ¿Cuándo se decidió que usted hiciera ese crucero?

—Malik vino a verme ayer por la mañana. Yo no quería, pero acabé cediendo.

—¿Qué pretexto le dio?

—Que usted intentaba crearnos problemas respecto a nuestros negocios. Que sería más prudente que yo no estuviera aquí.

—¿Y lo creyó?

El anciano no contestó, pero unos instantes después dijo con voz cansada:

—Hoy, ha venido ya tres veces. Ha revolucionado toda la casa para acelerar mi marcha. Media hora antes de que usted llegase, ha vuelto a llamarme para recordarme que era la hora de irse.

—¿Piensa todavía en irse?

—Si pienso en lo que podría ocurrir, creo que es preferible que me vaya. Pero podría quedarme en El Havre. Todo dependerá de mi nieto. Le gustaba estar con Monita. Me parece que albergaba ciertas esperanzas respecto a ella. Está muy afectado por su muerte.

De pronto, el anciano se levantó y se precipitó hacia el aparato de teléfono, de un modelo antiguo. Había sonado el timbre, brutal, llamándolo al orden.

—¿Diga? Sí... El equipaje ya está cargado. Salgo dentro de cinco minutos... Sí... Sí... No... No... No era para mí... Sin duda...

Colgó y dirigió a Maigret una mirada algo avergonzada.

—¡Es él! Es mejor que me vaya.

—¿Qué le ha preguntado?

—Si había venido alguien a verme. Ha visto pasar un taxi. Le he dicho...

—Ya lo he oído...

—¿Puedo marcharme ya?

¿Para qué retenerlo? En otro tiempo había trabajado duro. Había levantado una empresa dejándose la piel en ello. Y había conseguido una posición envidiable.

Y, por miedo a perder su dinero, por miedo a la miseria que había conocido durante su infancia, se había acobardado. Y seguía acobardado estando ya al final de su vida.

—¡Eugénie! ¿Está el equipaje en el coche?

—Pero ¡no ha cenado usted!

—Cenaré por el camino. ¿Dónde está Jean?

—Junto al coche.

—Adiós, señor comisario. No diga que me ha visto. Si sigue ese sendero y luego gira a la izquierda verá una cruz de piedra, y a unos tres kilómetros de aquí encontrará la carretera general. Hay un túnel bajo la vía del tren.

Maigret atravesó lentamente el jardín, tranquilo. La cocinera lo seguía con paso de gendarme. El taxista se había sentado en el borde del camino, sobre la hierba, y estaba entretenido con las flores del campo. Antes de subir al coche se puso una en la oreja, como hacen los chicos malos con los cigarrillos.

—¿Damos la vuelta?

—Todo recto —refunfuñó Maigret, encendiendo la pipa—. Luego a la izquierda, cuando vea una cruz.

Enseguida oyeron en la noche el motor de otro coche que iba en dirección opuesta, el del viejo Campois, que se disponía a ponerse a cubierto.

8

El cadáver en el armario

Para calmar su mal humor, Maigret quiso que el taxi se detuviera ante una tasca mal iluminada, en Corbeil; y pidió dos vasos de aguardiente, uno para el taxista y otro para él.

El gusto áspero del alcohol le quemó la garganta; y pensó que aquella investigación se había hecho «bajo el signo» del aguardiente. ¿Por qué? Pura casualidad. Era, sin duda alguna, la bebida que menos le gustaba. Aunque también estaba el repugnante kummel de la vieja Jeanne, y el recuerdo del vis a vis con la vieja, alcohólica y con el cuerpo hinchado, todavía le producía náuseas.

Sin embargo, había sido una mujer hermosa. Había estado enamorada de Malik, quien la había utilizado, igual que hacía con todo aquel que se le acercaba. Y ahora experimentaba una extraña mezcla de amor y odio, de rencor y abnegación animal por aquel hombre, a quien le bastaba presentarse para que ella obedeciese sus órdenes.

En el mundo hay gente así. Y hay otra gente, como aquellos dos clientes del pequeño bar —los únicos clientes a esa hora tan tardía, uno gordo, que era carnicero, y el otro flaco, astuto, pedante, orgulloso de trabajar en una oficina, quizás en el ayuntamiento—, que todos los días, hacia las diez de la noche, jugaban a las damas, junto al tubo de la estufa en el que, de vez en cuando, se apoyaba el carnicero.

El carnicero se veía seguro de sí mismo, porque tenía dinero y no le importaba pagar la ronda. El flaco opinaba que el mundo estaba mal dispuesto, porque un intelectual que había estudiado debería llevar una vida más fácil que uno que mata cerdos.

—¡Otro aguardiente... perdón, dos aguardientes!

En ese momento, Campois estaba dirigiéndose a la estación de Saint-Lazare, en compañía de su nieto. Él también debía de hallarse algo confuso. Sin duda, las duras palabras de Maigret le volverían una y otra vez a la mente, acompañadas de antiguos recuerdos.

Iba hacia El Havre. Dentro de poco saldría para los fiordos de Noruega, aunque no le apeteciese en absoluto, como un paquete que se envía, porque Malik... Y además, ya era un anciano.

Es duro tener que oír, siendo uno ya tan viejo, verdades como las que Maigret le había dicho.

El taxi circulaba de nuevo. El comisario, acurrucado en su rincón, estaba sombrío y hosco.

Bernadette Amorelle era aún mayor que Campois. Y lo que él no sabía, porque no podía saberlo —no era Dios—, era que ella había visto pasar al viejo Campois en su coche, cargado de maletas.

También ella sabía el porqué. Sin duda era tan astuta como Maigret. Hay mujeres, sobre todo las ancianas, que poseen el don de la adivinación.

Si Maigret hubiera estado allí, al borde de la vía del tren, como, por ejemplo, las dos tardes anteriores, habría visto sus tres ventanas abiertas, con la luz encendida y, en aquella iluminación de color rosado, también habría visto a la anciana señora que llamaba a su doncella.

—Mira, Mathilde, le ha pedido al viejo Campois que se marche.

Desde las vías del tren no las habría oído, pero las habría visto hablar un buen rato con semblante agitado, y luego habría visto a Mathilde desaparecer, a la señora Amorelle yendo de un lado para otro de su habitación y, por último, a su hija Aimée, la esposa de Charles, entrar con expresión culpable.

La tragedia pronto se desencadenaría. Había estado incubándose durante más de veinte años. Y desde hacía algunos días, desde la muerte de Monita, estallaría de un momento a otro.

—¡Pare aquí!

El taxista lo dejó en medio del puente de Austerlitz. No le apetecía ir directamente a su casa. El Sena estaba negro. En las chalanas dormidas se veían pequeñas luces y sombras que rondaban por los muelles.

Maigret iba fumando y caminando despacio con las manos en los bolsillos por las calles desiertas, donde las farolas parecían guirnaldas.

Plaza de la Bastilla. En la esquina de la calle de la Roquette, se veían luces más intensas, brillantes, de ese brillo opaco que constituye el lujo de los barrios pobres —como las de las barracas de feria, en las que se dispara para ganar caramelos y botellas de sidra—, las luces necesarias, probablemente, para que la gente salga de sus callejuelas, sombrías y sofocantes.

Maigret también se dirigía hacia aquellas luces, hacia el café demasiado grande y vacío, donde sonaba un acordeón y donde algunos hombres y mujeres esperaban, Dios sabe qué, mientras bebían.

Sabía qué clase de gente era. Había pasado tantos años ocupándose de asuntos relacionados con los seres humanos que sabía muy bien cómo eran, incluso conocía la naturaleza de personas como Malik, que se creen más fuertes y listos que los demás. En el caso de estos últimos, se produce un momento crítico, en el que, aun sin pretenderlo, uno se deja impresionar por sus lujosas casas, sus coches de alta gama, por sus criados y por sus maneras.

Uno debe conseguir verlos como se ve a los otros, verlos completamente al desnudo...

Ahora era Ernest Malik quien tenía miedo, tanto como cualquier otro proxeneta de la calle de la Roquette, a quien la policía introduce en la furgoneta policial, a las dos de la madrugada, tras una redada.

Maigret no podía ver, en ese mismo momento, a las dos mujeres que en la habitación de Bernadette protagonizaban una escena patética. Tampoco podía ver a Aimée, la mujer de Charles, poniéndose de rodillas sobre la alfombra, arrastrándose hasta los pies de su madre.

Aquello ya no tenía importancia. Como dicen los ingleses, cada familia tiene su «cadáver en el armario».

Más abajo, dos hermosas casas se alzaban a orillas del río, en un recodo del Sena que lo hacía más ancho y más amable; dos hermosas casas, en armonía con el verde de las suaves colinas; dos casas a las que uno mira, suspirando, cuando va en tren.

¡Allí dentro seguro que uno era realmente feliz!

Vidas longevas, como la de un Campois, quien, tras haber trabajado tanto, desgastado ya por la vida, se le echaba ahora a una vía muerta.

Como la de una Bernadette Amorelle, que había hecho gala de una energía trepidante.

Caminaba furioso. La plaza des Vosges estaba desierta. En las ventanas de su casa se veían luces. Tocó el timbre y masculló su nombre al pasar por la portería. Su mujer, que reconoció sus pasos, le abrió la puerta.

—¡Chis! Está durmiendo. Acababa de dormirse ahora mismo.

¿Y después? ¿Lo despertaría, lo cogería por los hombros y lo sacudiría?

—Vamos, muchacho, no es momento para hacerse el difícil.

Maigret quería acabar de una vez por todas con ese «cadáver en el armario», con ese asunto repugnante que, de principio a fin, se centraba únicamente en una maldita cuestión de dinero.

Eso mismo era lo que había detrás de aquellas hermosas casas, con sus jardines tan bien cuidados: ¡dinero!

—Parece que vienes de mal humor. ¿Has cenado?

—Sí... No.

De hecho, no había cenado; y lo hizo mientras Mimile tomaba el fresco asomado a la ventana, mientras fumaba. Cuando Maigret se dirigía a la habitación de los invitados, donde dormía Georges-Henry, la señora Maigret protestó:

—No deberías despertarle.

El comisario se encogió de hombros. Unas horas de más o de menos... ¡Que duerma! Además, él también tenía sueño.

En ese momento, desconocía que aquella noche se estaba produciendo una tragedia.

No podía adivinar que Bernadette Amorelle había salido sola, en plena noche, de su casa; y que su hija menor, Aimée, con ojos enloquecidos, había intentado en vano telefonear, mientras Charles, detrás de ella, repetía:

—Pero ¿qué te pasa? ¿Qué te ha dicho tu madre?

Maigret no se despertó hasta las ocho de la mañana.

—El chico sigue durmiendo —le anunció su mujer.

Se afeitó, se vistió, almorzó en un extremo de la mesa y llenó la pipa. Cuando entró en la habitación del muchacho, este se hallaba medio despierto.

—Levántate —le dijo con la voz tranquila, algo cansada, que usaba cuando estaba decidido a liquidar un asunto.

Tardó unos instantes en comprender por qué el muchacho no se levantaba de la cama. Se había acostado desnudo y no se atrevía a mostrarse así.

—Quédate acostado si quieres. Ya te vestirás luego. ¿Cómo supiste lo que había hecho tu padre? Fue Monita quien te lo dijo, ¿verdad?

Georges-Henry lo miraba con verdadero espanto.

—Puedes hablar, ahora que ya sé qué pasó.

—¿Qué sabe usted? ¿Quién se lo ha dicho?

—El viejo Campois también lo sabía.

—¿Está usted seguro? No es posible. Si lo hubiera sabido...

—Que tu padre mató a su hijo. Solo que no lo mató de un navajazo, ni de un disparo. Y esos crímenes...

—¿Qué le han dicho? ¿Qué ha hecho usted?

—Mira, hay tantas cosas repugnantes en esta historia que una más o una menos...

Se sentía asqueado. Eso le ocurría con frecuencia cuando llegaba al final de una investigación, quizá a causa de la tensión nerviosa, quizá porque, cuando uno consigue desnudar por completo a un hombre, todo resulta feo y deprimente.

Un delicioso olor a café se extendió por todo el piso. Se oían los pájaros y el agua de las fuentes de la plaza des Vosges. La gente se dirigía a su trabajo en una mañana fresca y soleada.

Y, ante él, había un muchacho pálido que se tapaba con las sábanas hasta la barbilla y que no le quitaba ojo.

¿Qué podía hacer Maigret por él y por los otros? ¡Nada! No se detiene a un Malik. La justicia no se encarga de ese tipo de crímenes. No había más que una solución...

Es curioso que pensara en ello antes de la llamada telefónica. Allí estaba, de pie, fumando su pipa, preocupado por aquel muchacho que no sabía qué hacer; y por un instante tuvo la visión de un Ernest Malik, al que se le daba una pistola y luego se le ordenaba en un tono tranquilo: «¡Dispara!».

Pero ¡no dispararía contra él mismo! ¡No accedería a matarse! Habría que ayudarlo.

El timbre sonó con insistencia en el piso. La señora Maigret contestó y luego llamó a la puerta de la habitación de invitados.

—Es para ti, Maigret.

Este se dirigió al comedor y cogió el aparato.

—Diga...

—¿Es usted, jefe? Aquí, Lucas. Esta mañana, al llegar a la policía judicial, me he encontrado con un mensaje importante para usted; de Orsenne, sí... Anoche, la señora Amorelle...

Quizá nadie lo habrían creído si, en ese preciso momento, Maigret hubiera afirmado que ya lo sabía. Y, sin embargo, era cierto.

Ella había seguido poco más o menos el mismo razonamiento que él, ¡diablos! Y había llegado a las mismas conclusiones casi a la misma hora. Solo que ella había ido hasta el final.

Y, como ella sabía que un tipo como Malik no dispararía, había disparado ella, sin inmutarse.

—... La señora Amorelle ha matado a Ernest Malik de un disparo. En casa de él, sí... En su despacho. Él estaba en pijama o en bata. Ha sido la gendarmería la que ha llamado aquí a primera hora, para que lo avisaran a usted, pues ella ha pedido verle...

—Iré —dijo Maigret.

Regresó a la habitación en que el muchacho, que se había puesto ya los pantalones, mostraba un torso todavía delgado.

—Tu padre ha muerto —le anunció, mirando hacia otro lado.

Hubo un silencio. Cuando Maigret se volvió, Georges-Henry no lloró; permanecía inmóvil, mirándolo.

—¿Se ha matado?

Así pues, no habían sido dos, sino tres los que habían pensado en la misma solución. Quién sabe si el muchacho no habría estado tentado en algún momento de dispararle él mismo.

Pero se le notaba cierta incredulidad en su tono cuando repitió:

—¿Se ha matado?

—No. Ha sido tu abuela.

—¿Quién se lo ha dicho a ella?

Y se mordió el labio.

—¿Quién le ha dicho qué?

—Lo que usted sabe... ¿Campois?

—No, muchacho. No es en eso en lo que estabas pensando...

El muchacho se sonrojó, lo que demostraba que Maigret tenía razón.

—Hay algo más, ¿verdad? No ha sido porque tu padre incitara al hijo de Campois a suicidarse por lo que Bernadette Amorelle lo ha matado.

Echó a andar de un lado a otro por la habitación. Habría podido insistir. Pero se sentía incapaz de hacerlo con un adversario más débil que él.

—Quédate aquí —dijo por fin.

Y se dirigió al comedor para coger el sombrero.

—Seguid vigilándole —les dijo a su mujer y a Mimile, quien estaba desayunando.

Hacía un día radiante. El aire resultaba tan agradable en el frescor matutino que daban ganas de aspirarlo a pleno pulmón.

—Taxi... Carretera de Fontainebleau. Yo le indicaré.

En el camino de sirga había tres o cuatro coches, seguramente del juzgado. Y se veían algunos curiosos apostados ante la verja, custodiada por un gendarme con expresión indiferente. Este saludó a Maigret, que avanzó por la avenida y luego subió rápidamente la escalinata.

El comisario de la brigada móvil de Melun ya estaba allí, con el sombrero puesto y un cigarro en los labios.

—Un placer volver a verlo, Maigret... No sabía que había vuelto usted a la policía. Un caso curioso, ¿eh? Ella le está esperando. Se niega a decir nada antes de hablar con usted. Fue ella misma la que llamó anoche, hacia la una, a la gendarmería, para informarnos de que había matado a su yerno.

»Ahora la verá. Está tan tranquila como si acabase de hacer mermelada o de arreglar sus armarios.

»De hecho, ha pasado la noche arreglando sus cosas y, cuando he llegado, ya tenía preparada la maleta...

—¿Dónde están los otros?

—Su otro yerno, Charles, se encuentra en el salón con su mujer. El fiscal y el juez de instrucción están listos para interrogarlos. Tanto el yerno como la hija dicen no saber nada, que hace algún tiempo que la anciana se comportaba de un modo extraño.

Maigret subió despacio la escalera y, cosa que le ocurría rara vez, vació la pipa y la metió en el bolsillo, antes de llamar a la puerta custodiada por otro gendarme. Había sido un gesto sencillo, a modo de homenaje a Bernadette Amorelle.

—¿Quién es?

—El comisario Maigret.

—Que pase.

La habían dejado sola, con su doncella. Cuando entró Maigret, estaba sentada ante un bonito secreter, escribiendo una carta.

—Es para mi notario —dijo, disculpándose—. Déjenos, Mathilde.

El sol entraba a raudales por las tres ventanas de aquella habitación, donde la anciana había pasado tantos años. Su mirada traslucía cierta alegría, e incluso —Dios sabe si en aquel momento resultaba casi incongruente— cierta picardía.

Estaba satisfecha de sí misma, y orgullosa de lo que había hecho. Se mostraba algo socarrona con el grueso comisario, quien no habría sido capaz de finiquitar aquel asunto.

—No había otra solución, ¿verdad? —dijo la anciana—. Siéntese. Ya sabe que detesto hablar con gente de pie.

Después, se levantó ella misma, parpadeando un poco a causa de la luz deslumbrante.

—Ayer por la tarde, cuando por fin conseguí que Aimée me lo confesase todo...

Él no pudo evitar moverse. Un movimiento apenas perceptible. Se estremeció al oír el nombre de Aimée, la mujer de Charles Malik. Bernadette Amorelle era tan lista como él y comprendió.

—Debía haber sospechado que usted no lo sabía. ¿Dónde está Georges-Henry?

—En mi casa, con mi mujer.

—¿En su casa de Meung?

Sonrió al recordar al Maigret que había confundido con un criado, cuando ella había entrado en el jardín de él, por la pequeña puerta verde.

—En París, en mi piso de la plaza des Vosges.

—¿Lo sabe?

—Se lo he dicho antes de venir aquí.

—¿Cómo ha reaccionado?

—Aparentemente bien; está tranquilo.

—¡Pobre chico! Me pregunto cómo ha tenido el valor suficiente para no hablar. ¿No le parece algo gracioso ir a la cárcel a mi edad? Por cierto, esos señores que han venido son muy simpáticos. Al principio no querían creerme. Pensaban que me estaba inculpando con tal de salvar al verdadero culpable. Estuvieron a punto de exigirme pruebas.

»Todo sucedió sin ningún contratiempo. No recuerdo exactamente qué hora era. Tenía mi pistola en el bolsillo. Me fui a su casa. En la planta de arriba había luz. Llamé. Malik se asomó a la ventana y me preguntó que quería... "Hablar contigo", le contesté.

»Estoy segura de que tenía miedo. Me pidió que volviera al día siguiente, pretendiendo que no se encontraba bien, que le dolía la cabeza. "¡Si no bajas inmediatamente", le grité, "haré que te detengan!".

»Al final bajó en pijama y con la bata encima. ¿Lo ha visto usted?

—Todavía no.

—Yo insistí: «Vamos a tu despacho. ¿Dónde está tu mujer?». «Se ha acostado. Creo que duerme». «Mejor». «Mamá, ¿no podríamos dejar esta conversación para mañana?».

»¿Y sabe qué le contesté? "No adelantarías nada, ¿sabes? Unas horas de más o de menos...".

»Se esforzaba por entenderlo. Estaba frío como un lucio. Siempre he dicho que se parecía a un lucio; pero se reían de mí.

»Abrió la puerta de su despacho. "Siéntese usted", me dijo. "No es necesario".

»¿Tal vez adivinó qué pensaba hacer yo? Estoy convencida de que sí. La prueba es que echó una mirada instintiva al cajón de su mesa, donde normalmente guardaba su revólver. Si le hubiera dado tiempo, apuesto a que se habría defendido y seguramente habría disparado primero. "Escucha, Malik" continué. "Estoy al corriente de todo lo que has hecho. Roger ha muerto (Roger era el hijo de Campois), tu hija ha muerto, tu hijo...

Maigret había fruncido el entrecejo al oír las palabras «tu hija». Finalmente comprendió y miró a la anciana estupefacto, sin tratar de ocultarlo.

—... Puesto que no hay otro medio de acabar con esto y nadie más tiene el valor de hacerlo, esta vieja abuela será quien se encargue de ello. Adiós, Malik.

»Y, tras estas palabras, disparé. Estaba a tres pasos de mí. Se llevó las manos al vientre, pues había disparado demasiado bajo. Así que apreté dos veces más el gatillo. Se desplomó y entonces Laurence acudió como una loca. "Ya está", le dije. "Ahora podremos vivir tranquilos y por fin respirar libremente".

»¡Pobre Laurence! Creo que también para ella ha sido un alivio. La única que llora su pérdida es Aimée. "Llama a un médico si quieres, pero me parece que no vale la pena", continué. "¡Está bien muerto! Y, si no lo estuviera, lo remataría de un tiro en la cabeza. Ahora te aconsejo que vengas a pasar la noche a nuestra casa. Es inútil llamar a los criados".

»Nos fuimos las dos. Aimée acudió a nuestro encuentro, mientras Charles permanecía en la puerta, con aspecto socarrón. "¿Qué has hecho, mamá? ¿Por qué Laurence...?".

»Le conté a Aimée lo ocurrido. Ella presentía que pasaría algo así, después de la conversación que habíamos mantenido en mi habitación. Charles no se atrevió a abrir la boca. Nos seguía como un perro grande.

»Volví aquí y llamé a la gendarmería. Han sido muy discretos.

—Así pues —murmuró Maigret, después de un silencio—, era por Aimée.

—Soy una vieja tonta, pues debería haberme dado cuenta. Respecto a Roger Campois, por ejemplo, siempre sospeché algo. Sabía que había sido Malik quien lo había introducido en el juego.

»¡Y pensar en lo contenta que estaba cuando se convirtió en nuestro yerno! Era el más brillante de todos. Sabía cómo divertirme. Mi marido tenía gustos de pequeño burgués e incluso de campesino, y fue Malik el que nos enseñó a vivir, el que nos llevó a Deauville. Mire, antes de que él apareciese en nuestras vidas, jamás había ido a un casino, y recuerdo que él me dio las primeras fichas para jugar a la ruleta.

»Y se casó con Laurence...

—Porque Aimée era demasiado joven, ¿verdad? ¿Porque solo tenía quince años en aquella época? Si Aimée hubiera tenido dos años más, Roger Campois quizá no hubiera muerto. Se habría casado con su hija mayor y Malik con la pequeña.

Abajo se oían idas y venidas de gente. Por las ventanas se veía a un grupo que se dirigía a la casa de Malik, donde permanecía el cadáver.

—Aimée lo quería de verdad —dijo la señora Amorelle, soltando un suspiro—. De hecho, sigue queriéndolo a pesar de todo. Ahora me odia por lo que hice anoche.

«¡El cadáver en el armario!». ¡Si solo hubiera estado en aquel armario simbólico el cadáver del tímido Roger Campois!

—¿Cuándo llamó a su hermano para que se casara con su hija pequeña?

—Quizá dos años después de su matrimonio. Y yo me comporté como una ingenua. Sabía que Aimée solo se interesaba por su cuñado y que, entre su hermana y ella, Aimée era quien estaba más enamorada. La gente que no nos conocía siempre se equivocaba: cuando íbamos de viaje y estábamos todos juntos, era ella, a pesar de su edad, a la que llamaban «señora».

»Laurence no estaba celosa. No se daba cuenta de nada, se contentaba con vivir a la sombra de su marido, cuya personalidad la anulaba.

—Así pues, ¿Monita era hija de Ernest Malik?

—Lo supe ayer. Pero hay más cosas que, siendo tan vieja como soy, me habría gustado no saber.

Ese hermano que estaba en Lyon, donde solo era un pobre diablo, y al que llamaron para que acudiese, para casarlo con una rica heredera.

¿Acaso sabía él en aquellos momentos...?

Sin duda. ¡Era un débil, un esclavo! Se casaba porque le ordenaban casarse. ¡Servía de pantalla! Enarcaba el papel de marido, que le hacían interpretar, y se repartía con su hermano la fortuna de los Malik.

Y, así, Ernest tenía dos mujeres e hijos en las dos casas.

Eso fue lo que Monita descubrió. Y había sentido tanto asco que decidió ahogarse.

—No sé exactamente cómo logró averiguar la verdad; pero desde ayer por la noche creo saberlo. La semana pasada hice venir al notario para cambiar mi testamento.

—Al señor Ballu; ya lo sé...

—Hace ya mucho tiempo que no tenía buenas relaciones con los Malik y, cosa curiosa, seguía siendo a Charles al que más detestaba. Por qué, no lo sé... Lo encontraba malicioso e hipócrita. Por un momento, llegué a pensar que era aún peor que su hermano.

»Quería desheredar a ambos y dejar toda la fortuna a Monita.

»Aquella misma noche (Aimée me lo confesó ayer durante la discusión que tuvimos), Ernest fue a ver a Charles para tratar el asunto.

»Aquel nuevo testamento, cuyas disposiciones desconocían, los horrorizaba. Estuvieron un buen rato discutiendo el asunto en el despacho de Charles, en la planta baja. Aimée había subido a acostarse. Y, mucho más tarde, cuando subió su marido, ella le preguntó: "¿No ha vuelto Monita?". "¿Por qué lo preguntas?". "No ha venido a darme las buenas noches, como siempre".

»Charles fue a la habitación de la muchacha. No había nadie y la cama estaba hecha. Bajó y se la encontró en el tocador, pálida, como atemorizada en la oscuridad. "¿Qué haces aquí?". Parecía, según afirmó Charles, aturdida. Dejó que la condujese hasta su cuarto. Ahora estoy segura de que ella oyó la conversación de los dos hermanos. Lo sabía. Y por la mañana, antes de que nadie se levantara, salió como si fuese a bañarse, como hacía a menudo.

»Solo que aquella vez no quiso nadar.

—Y tuvo tiempo de hablar con su primo..., con su primo, al que quería y que es, en realidad, su hermano...

Llamaron suavemente a la puerta. Bernadette Amorelle fue a abrir y se encontró ante el comisario de Melun.

—El coche está abajo —anunció, un poco molesto, pues era la primera vez, en su carrera, que detenía a una mujer de ochenta y dos años.

—Dentro de cinco minutos —contestó ella, como si se dirigiera a su mayordomo—. Mi amigo Maigret y yo no hemos acabado de hablar.

Cuando se volvió hacia el comisario, se dio cuenta de una cosa, lo que demostraba su presencia de ánimo.

—¿Por qué no ha fumado usted su pipa? Sabe que puede hacerlo. Entonces decidí hablar con usted. No sabía lo que esos dos tramaban. Al principio, incluso pensé si no habrían matado a Monita por haberla nombrado mi heredera. Se lo confieso solo a usted, porque eso a los demás no les importa: también pensé que tal vez intentasen envenenarme. Bueno, comisario. Queda mi nieto pequeño. Le estoy muy agradecida de que se haya ocupado de él, pues no hay quien me quite de la cabeza que habría acabado como Monita.

»Póngase en su lugar... A su edad descubrir todo eso de golpe...

»Para el muchacho fue aún peor. ¡Quiso saber! Los chicos son más decididos que las chicas. Sabía que su padre guardaba sus documentos personales en un pequeño mueble, cuya llave no dejaba a nadie, y que estaba en su habitación.

»Al día siguiente de la muerte de Monita, forzó la cerradura. Me lo ha dicho Aimée. Ernest Malik se lo contaba todo; sabía que podía confiar en ella, que era más que una esclava. Malik se dio cuenta de que habían abierto el mueble; y sospechó enseguida de su hijo.

—¿Qué tipo de documentos descubrió? —dijo Maigret.

—Los he quemado esta noche. Le he pedido a Laurence que me los trajese; pero ella no se atrevía a entrar en la casa donde estaba el cadáver de su marido.

Aimée había ido a buscarlos.

—Había cartas escritas por ella, notas que se pasaban en esta misma casa para verse luego.

»Había recibos firmados por Roger Campois. Malik no solamente le prestaba dinero para controlarlo mejor, sino que lo convenció de que se lo prestasen también usureros, quienes luego entregaban a Malik los pagarés. Y lo guardaba todo. —Y en tono despreciativo añadió—: A fin de cuentas ¡tenía alma de contable!

Ella no entendió por qué Maigret rectificó, al mismo tiempo que se levantaba trabajosamente:

—¡De recaudador!

Fue él quien la condujo hasta el coche de policía y le dio la mano por la ventanilla.

—No me guarda demasiado rencor, ¿verdad? —le preguntó la anciana en el momento en que el coche arrancaba para llevarla a la cárcel.

Maigret nunca supo si se lo dijo por haberlo apartado unos días de la paz de su jardín de Meung-sur-Loire o por aquel disparo de pistola.

Desde hacía muchos años, esa familia tenía un «cadáver en el armario», y había sido la anciana señora la que se había encargado de la limpieza, como esas abuelas que no pueden soportar ver la casa sucia.

« *Certes, ils préfèrent que je ne voie pas certaines choses.*
Mais ce qu'il ne faut surtout pas, c'est que je leur en raconte d'autres ».

« — *Vous direz tout?*
— *Et vous?*
— *J'essaierai. Si je n'y parviens pas, je m'en voudrais toute ma vie* ».

«*Sin duda, prefieren que yo no vea ciertas cosas.*
Pero lo que no debe ocurrir, sobre todo, es que les cuente otras».

«—*¿Usted lo dirá todo?*
—*¿Y usted?*
—*Trataré. Si no lo consigo, me lo reprocharé toda la vida*».

PEUPLES QUI ONT FAIM, 1934